UN SECUESTRO RARO

TANIA PADILLA

UN SECUESTRO RARO

I PREMIO LOGROÑO DE NOVELA PARA JÓVENES ESCRITORES

algaida

Un jurado presidido por Javier Reverte y compuesto por Ángel Basanta, Berna González Harbour, Montero Glez y Fernando Olmeda designó a la novela *Un secuestro raro,* de Tania Padilla, ganadora del I Premio Logroño de Novela para Jóvenes Escritores, convocado por el Ayuntamiento de Logroño, la Fundación Caja Rioja y Algaida Editores (Grupo Anaya).

Ayuntamiento de Logroño

Fundación cajaRioja

Diseño de cubierta: masgrafica.com

Primera edición: 2016

Avda. San Francisco Javier, 22
41018 Sevilla
Teléfono 95 465 23 11. Telefax 95 465 62 54
e-mail: algaida@algaida.es
ISBN: 978-84-9067-481-9
Depósito legal: SE. 357-2016
Impreso en España-Printed in Spain

Índice

Primero 17
Segundo 31
Tercero 47
Cuarto 65
Quinto 89
Sexto 103
Séptimo 125
Octavo 131
Noveno 155
Décimo 181
Undécimo 195
Duodécimo 217
Decimotercero 225
Antepenúltimo 235
Penúltimo 247
Último 249

Las ideas que dieron origen a esta historia vinieron a mí como soplo divino en el convento cordobés del Corpus Christi. Esta historia siempre le deberá a aquella casa el tiempo para las musas y el trabajo: la felicidad de una verdadera habitación propia. Gracias a la Fundación Antonio Gala para Jóvenes Creadores *por aquellos meses entre los años 2004 y 2005. En efecto, te puse como un sello sobre mi corazón.*

A Jovi y Pipo, imprescindibles,
porque sus vidas, como las nuestras,
no tienen ningún sentido

Y es como es,
ni sí ni no,
ni tu yo ni mi yo,
ni dos sin tres,
ni lucha ni armonía
de contrarios…
Sino todo lo contrario,
como ves.

«Todo lo contrario»,
LUIS EDUARDO AUTE

SEBASTIÁN: *Te lo ruego, exhala tu tontuna en otro sitio. No nos conocemos.*

FESTE: *¡Que exhale mi tontuna! Este le ha oído la expresión a alguien importante y ahora se la aplica a un bufón. ¡Que exhale mi tontuna!*

Noche de Reyes, WILLIAM SHAKESPEARE

¡Uh, ah! Las chicas son guerreras.
Jugar con ellas es como manejar
la nitroglicerina.
Tienen más vatios que una nuclear
y no son tan dañinas.

«Las chicas son guerreras», COZ

La estupidez siempre insiste.

ALBERT CAMUS

Primero

LA AGRESIVA TORMENTA QUE SURGE HACIA LA MITAD de la tarde solapa la bandera de España con la pulcra órbita de estrellas de la señera europea. Al juntarse las dos telas allá en lo alto de sus mástiles, se forma un apátrida arcoíris en el que no reparan los organizadores del acto cuando se bajan de los blindados coches al amparo de sus vencidos paraguas. Entretanto, los cipreses que rodean el Parador Nacional de La Arruzafa, antiguo palacete de verano de Abderramán I, donde se celebra el evento, se dan besitos cortos, sin lengua, en un vaivén que la ventisca hace desaforado.

Como en el siglo XXI todo se convierte en utilitario y prosaico, la antigua almunia cordobesa de Al-Rusafa —en árabe, «jardín de las palmeras»— ahora ocupa su discreto lugar en un buen puñado de webs de reserva *on-line* de hoteles, y el que en su día fue su suntuario Salón de Recepciones, ahora acoge multitudinarios mítines políticos. Precisamente hoy se celebra uno de ellos en su interior. El PMC (Partido Monárquico Conservador) ha alquilado el legendario enclave para arengar a sus votantes con vistas a las próximas elecciones generales. Aurelio Ruz, que pretende recoger el testigo de su anciano padre, actual presidente del Gobierno, se esmera en su discurso mientras, de cuando en cuando, levanta hacia los asistentes un esbelto índice de uña roma.

—Bajaré los impuestos, velaré por vuestra seguridad, blindaré la Constitución. Tres objetivos, señoras y señores: disminuir los impuestos, asegurar al ciudadano, preservar la Constitución. Tres prioridades sobre mi mesa de trabajo, amigos, amigas... El PMC es garantía de mejora fiscal, de protección y de democracia. ¡Que se atreva la Oposición a decir lo mismo! Seamos sinceros: basarse en un programa alejado de nuestra seria, responsable e impecable trayectoria política es un insulto para el gobierno de nuestro país. Seamos realistas, compañeros, España es otra, otra mucho mejor que la de hace ocho años. Y esta España es nuestra porque nosotros la hemos forjado, ¡y nos sentimos orgullosos de ella!

Los aplausos, irracionalmente efusivos, no dejan mosca viva entre los presentes. Cuando Aurelio Ruz levanta el folio que contiene las palabras que acaba de soltarles a los asistentes para dejarlo en el montón de las cosas ya dichas, un anciano se alza de su asiento en primera fila.

—¡Se acabó! ¡Yo ya no aguanto más!

Después de varios improperios y un persistente murmullo, el público se calla para escuchar las razones del viejo. El señor Ruz suda y saca del bolsillo de su pantalón un paquete de pañuelos.

—Verán ustedes… —empieza a hablar el sublevado—. Mi nombre es Eulalio Estero. Yo soy filósofo, pero llevo al servicio del padre de don Aurelio Ruz, don Casimiro, y luego del propio don Aurelio, la totalidad de mi carrera… Y ya basta, ¡demonches! Desde niño había soñado con escribir tratados, sumas, manifiestos… ¡Y el caso es que me veo hasta la tumba haciendo discursitos!

Dicho esto, el señor Estero se atusa la corbata florida que le cruza el pecho y carraspea un par de veces. El político lo mira con condescendencia desde su estrado.

—¿Y cuál es en concreto su reivindicación?

—Pues exactamente no lo sé… Supongo que solo quiero que usted conozca mi descontento. Necesitaba compartir mi frustración, expresar en público mi ira. Lo cierto es que no me siento laboralmente valorado.

—¿Quiere dejar su trabajo entonces?

—Es posible. Aunque supongo que afrontar la jubilación es más duro que vivir humillado.

—Entonces tenga la amabilidad de sentarse de nuevo.

Ruborizado, el hombre se sienta y baja la cabeza. En ese instante dos lágrimas le brotan de los ojos y se estrellan contra su bragueta.

—Pero no llore, señor Estero. No llore, que me parte el alma.

Entre los presentes se extiende un nuevo murmullo admirado, esta vez pesaroso, y una señora mayor de pelo encofrado le tiende al filósofo un pañuelo de papel que este enseguida declina enseñándole el suyo de tela. Su llanto se hace cada vez más profuso, y en su amago de silencio le brotan de la boca unos hipidos que remueven a los asistentes en sus asientos.

—A ver, Eulalio —dice el señor Ruz bajando del escenario y aproximándose meloso a su empleado—, ¿no ve usted que su discurso está gustando? —y dirigiéndose a los asistentes—: Señores, ¿les está gustando el discurso que me ha escrito el señor Estero?

Los presentes, deseosos de ayudar, aúnan sus voces de manera muy coordinada:

—¡Síiiiiii!

—¿Ve usted? —le dice el candidato presidencial a Eulalio echándole un brazo por los hombros—. Suba conmigo al estrado, haga el favor.

Ambos hombres suben al estrado y Aurelio vuelve a dirigirse al público:

—¿Ven ustedes a este hombre? No se siente valorado tras una vida dedicada al estudio y al trabajo. ¿Qué hacemos? ¿Cuál es nuestro deber como ciudadanos hacia su persona? ¿De qué manera podemos compensarle una vida entera de entrega a la comunidad? Amigos, amigas… Hablemos de las pensiones.

Después de una perorata de casi media hora durante la que el filósofo, sonriente, permanece al lado del político, el anciano es mandado de nuevo a ocupar su asiento. En ese instante las suelas de tres pares de botas rompen el cristal de uno de los ventanales y tres soldados franquean el reciente vano llenando el habitáculo de un ensordecedor estruendo. El público, sobrecogido, analiza con inquietud a los tres militares barbudos que, tras dar unos torpes pasos sobre la alfombra que cubre el suelo, se desabrochan los arneses dejando todo cubierto de sogas como serpientes.

—¡Que nadie se mueva de su asiento! —grita el que parece el cabecilla.

Los asistentes, confundidos, sonríen con una actitud escéptica que se ensombrece cuando vislumbran vigorosas armas blancas en las perneras de los recién llegados.

—Así me gusta... Calmaditos todos —dice el cabecilla descubriendo un subfusil.

El señor Ruz se mantiene en pie ante el micrófono del atril. Americana abierta, camisa mojada, corbata al viento. Desafiante hasta el extremo, clava una mirada iracunda en el que manda, resopla contra el silencio tres veces y frunce el ceño en un primitivo gesto de liderazgo.

—Buenas tardes, señor Ruz —lo saluda con una educada inclinación de cabeza el líder de la milicia.

—Noches ya... —dice el político mientras rota la muñeca un cuarto de vuelta cegando a los presentes con los destellos dorados de su Lotus de dieciocho quilates—. Son ya las nueve y cinco.

—La hora es lo de menos.

—¿Quién es usted? ¿Tiene nombre mi enemigo?

En ese instante, impulsada por el vientecillo que entra por la cristalera rota, cruza el salón una bolsa de plástico satinado con el logotipo del PMC.

—Yo soy una célula anónima. Cobro sentido junto a ellos —dice el militar volcando hacia atrás sendos pulgares—. Somos «Los Furias Rojas» —prosigue—. Y luchamos por la consecución de tres objetivos: la dictadura del proletariado, Córdoba sede olímpica 2024, y el embalsamamiento *post mortem* de nuestro paisano Julio Anguita. ¡Aúpa Anguita!

—¡Aúpa! —corean sus compañeros desde la retaguardia.

Ruz sonríe aliviado.

—Coincidimos en todo menos en las formas... y el embalsamamiento —apunta distendido—. Yo no concibo otra manera de confrontación que el diálogo. La frontera entre izquierda y derecha es ya cosa de otro tiempo.

En ese instante el líder de «Los Furias Rojas» corre vertiginoso hacia el político, sube al escenario de un salto y le propina un puñetazo en la nariz. La sangre enseguida le pinta de rojo la boca, la barbilla, la pechera, las manos, que no logran frenar la fatal cascada. Iracundo, Aurelio alza el dedo índice y el corazón y se abalanza con ellos por delante contra los ojos del militar, donde impactan con un ruido viscoso.

—¿Qué haces, imbécil? —brama el cabecilla; y enseguida, parpadeando con fruición—: ¡Que no veo! ¡Que no veo! ¡¿Qué hago yo ahora?!

—¿Que qué haces? —pregunta retórico Ruz—. Admite como ciego lo que no supiste reconocer como hombre. Conviértete y ve en paz, amigo. Levántate y anda.

—¿Que me convierta? ¿Al PMC?

—Abre tu entendimiento a la Verdad y serás libre. Y si te afeitas, mejor, que la barba castrense que llevas te resta aerodinámica a la hora de echar el vuelo.

—¡No dejes que te ciegue, no dejes que te pierda, no dejes que te aparte de nosotros! —aconsejan a coro, tímidos, desde la distancia, sus impotentes compañeros.

—¡Energúmenos! —les grita don Aurelio.

—¡Hijoputa! —se defienden ellos.

El líder de «Los Furias Rojas» alza el cuello con dignidad y se dirige a sus compañeros:

—Excamaradas, lo siento pero ya es tarde... —Y volcando ahora una adepta mirada sobre Aurelio—: ¡La luz se ha hecho en mi interior!

—Que así sea —afirma con gravedad el aspirante a presidente del Gobierno.

—No se preocupe que así es.

—¡No fastidies, hombre! —protesta uno de sus secuaces, el arma derrotada ya en uno de los flancos—. ¿Cómo derrumba un idiota en un instante la arquitectura ideológica de una vida?

—Eso mismo —afirma inquisidor el otro.

—Yo que sé, excamaradas. Si el primer sorprendido soy yo... Este hombre es pura seducción.

Aurelio se ruboriza al escuchar las palabras del excomunista, y cuando lo mira con otros ojos lo único repulsivo que sigue encontrando en él es la barba; escruta rápido la estancia y descubre junto a la puerta a una rubia de voluminosos senos y prieto uniforme turquesa.

—Señorita, si es tan amable... —la llama a través del micrófono mientras se seca la sangre de la cara con una toalla húmeda que le tiende uno de sus guardaespaldas.

La azafata no parece sorprenderse de aquella llamada y acude junto al político solícita y contoneándose.

—¿Podría traerme una maquinilla de afeitar? —le dice fuera de micro y bajito, para velarle al público la sorpresa.

La voluptuosa mujer asiente como si le hubieran pedido un botellín de agua o un posavasos, alinea las piernas y se pierde tras dos puertas abatibles. Con la salida de la azafata se hace un silencio que rompe al cabo el filósofo Estero, quien, tras abandonar su silla y adelantarse un paso, se dirige al público de manera espontánea.

—¡Levántense todos y aplaudan, que el PMC nos ha dado hoy nuevas esperanzas!

Más movidos por lo extremo de las circunstancias que por el convencimiento que los ha llevado allí desde la tranquilidad de sus hogares, los presentes se levantan impetuosos y aplauden hasta dañarse las palmas. Aurelio se acerca de nuevo al micro.

—Ahora siéntense de nuevo, señores —dice con voz autoritaria—, que el PMC los invita a todos a una copa de Rioja y a una degustación de quesos peninsulares.

Entonces don Aurelio alza la barbilla en dirección a la azafata que aún permanece en la sala, que pronto se da por aludida y va en busca de las viandas. En la puerta se cruza con la otra chica, que lleva en la mano una maquinilla de afeitar eléctrica. Recreándose en la parafernalia del gesto, Aurelio corta las barbas al antiguo jefe de los comunistas. Cuando acaba, el público aplaude efusivo, y espontáneamente vuelve a ponerse en pie. Al final, los dos militares comunistas y el filósofo son invitados a subir también al escenario, donde rodean a don Aurelio mientras saludan y se quitan las barbas, que en el caso de los adláteres eran postizas.

Acabada la representación, los asistentes se levantan ya completamente distendidos. La excitación por los acontecimientos últimos la mitiga el feliz desenlace, en el que

Aurelio explica que la sangre que hace un rato le cubría la cara era tomate frito. Pero en ese instante, un hombre anónimo corre entre el público y se precipita hacia el escenario con un grueso pincel en la mano. Los guardaespaldas de Ruz, atentos a las primeras bandejas con las copitas de vino, no son capaces de interceptar al agresor, que como una exhalación pasa a su lado en dirección al líder político. Segundos después, el candidato a la presidencia es embestido y derribado. El público, resabiado ya de tanta pantomima, tarda en cambiar la sonrisa por el terror, pero el verismo se hace evidente cuando todos ven el pincel hincado en el ojo de don Aurelio. El agresor no huye, y se dirige a los asistentes bajo la amenazante mirada de los guardaespaldas:

—Ya ven cómo la vida puede más que la ficción. Me había ilusionado con la irrupción de los comunistas, pero ya veo que ha sido todo un burdo teatrillo propagandístico… He atacado a este hombre con mi única arma: mi pincel de marta. Soy artista y me muero de hambre en esta España. Pero que conste que no soy el único. Amigos inmovilistas, sepan que tendremos un presidente del Gobierno tuerto, y que la culpa será de todos ustedes por haberlo votado.

Cuando el airado pintor concluye su intervención, extiende dócil los brazos y los dos guardaespaldas, comprendiendo el gesto de entrega, lo prenden. Cuando van a llevárselo, don Aurelio, a quien el filósofo ha sentado en una silla mientras llega una ambulancia, pide que le acerquen a su atacante. Sus sicarios obedecen y lo colocan ante él.

—Siento la agresión —le suelta el pintor antes de dejarle hablar—. Contra su persona no tengo nada. Lo he atacado a usted como símbolo... Mi nombre es Hipólito Viñas, para servirlo.

Aurelio lo mira desde abajo, y como lo ve agigantado, se amilana.

—Pero, ¿por qué me ha hecho esto? ¿Acaso no respeta la democracia?

—Yo no. Lo mismo que usted. Además, el pincel no le afectará en absoluto porque la ceguera ya la tenía de antes.

Ruz, haciendo un amago de levantarse que frena el tercer guardaespaldas, le grita:

—¿De antes? ¡Terrorista!

—¡Tirano!

—¿Tirano? ¡Gallina! Lo fácil es hincar... Apuesto a que ahora le faltan agallas para sacarme el pincel del ojo.

—Aunque me faltaran, no se lo sacaría. Sería absurdo. —Y, mirando a los guardaespaldas, que le mantienen las manos a la espalda—: ¿Y vosotros qué? ¿Habéis llamado ya a la policía? ¡Venga!

Uno de ellos asiente serio y pone el índice en el *pinganillo* de su oreja. Aurelio no desiste en su empeño de que lo alivien antes de que llegue la ambulancia. Mira alrededor y ve al filósofo.

—Y usted, Eulalio, ¿tiene agallas para sacarme del ojo este pincel?

—Sí, pero me da dentera.

—¡¿Que le da dentera?! ¡Acérquese y sáqueme el pincel del ojo o lo jubilo ahora mismo!

La amenaza amedrenta al filósofo, pero se queda en silencio un instante y deja que la animadversión hacia su jefe puje en su alma con el creciente ritmo de la levadura.

—¡Usted, lo mismo que su padre, es un idiota! —le espeta furioso.

Entre el público se levanta un murmullo de sorpresa que al señor Ruz le parece de aprobación. De pronto se piensa allí sentado, callado por la bofetada moral de su asesor ideológico, con el pincel en el ojo y media cara bañada en sangre, y se siente pequeño y débil. Suspira derrotado y, al dejar caer la cabeza hacia el pecho, se le dibuja una estrella fugaz en el ojo. No pide ningún deseo porque no es una estrella de verdad. El filósofo Eulalio, crecido en su exitosa rebeldía, se dirige ahora al público, que tímidamente mastica el queso y toma el vino que las azafatas sirven mientras llegan la policía y la ambulancia.

—Si os fijáis bien, y permitidme el tuteo, tratamos de convencernos siempre los unos a los otros como si cada uno fuera el único adalid de la Verdad. Como si la Verdad existiera… Disculpad que os diga que no sois más que un montón de dogmáticos individualistas. ¡Todos vosotros! Pero yo vuelo por encima…

Los asistentes, más atentos a la comida gratuita que a las palabras del experto, asienten maquinales. El filósofo continúa:

—¡Todos vosotros necesitáis ser sometidos al método socrático de *ironía mayéutica!*

—Eso es filosofía arcaica —apunta valiente uno de los guardaespaldas—. Después de Sócrates ha llovido bastante…

—Bastante sí, pero solo chirimiri. La finalidad del método socrático es extraer la Verdad que se halla oculta en el alma de cada uno de nosotros. La primera fase *(ironía)* consiste en someter al sujeto a una serie de preguntas para que se dé cuenta de la falsedad de todas sus ideas. La segunda fase *(mayéutica)* consiste en el alumbramiento de la Verdad Definitiva, esa que ahora todos ustedes, engañados, creen ya poseer.

—No me fío de sus palabras, anciano —dice una elegante señora entre el público—. Además, yo ya tengo mis ideas muy claritas.

Los demás asistentes afirman y murmuran que sí, que también ellos tienen claras sus ideas.

—Conque esas tenemos, ¿eh? —los desafía el filósofo—. Apuesto a que os saco a todos del engaño con solo un par de preguntas.

—Por Dios, Eulalio, no me los siembre de dudas ahora, que estamos en plena campaña electoral —apunta cauteloso Aurelio.

Al filósofo se le ilumina la cara y se acerca al político frotándose las manos.

—¿Y si le aplico el método a usted? ¡Míreme a los ojos! —le insta—. Ahora mismo le saco la Verdad de sus entrañas y luego ya usted se encarga de amamantarla.

El político, escéptico, mira en silencio al filósofo tanto con el del pincel como con el ojo sano.

—Hagámoslo, venga. Será rápido —prosigue Eulalio—. ¿Qué le hace a usted pensar que el programa del PMC no es erróneo? Es subjetivo, parcial, no recoge las necesidades de la totalidad de la población, como bien nos ha hecho ver nuestro amigo el pintor.

El pintor asiente efusivo, jalonado por los dos guardaespaldas.

—¡Responda!

—Eh... Eh... Pues... Pues... Eh... Pues...

—Y ahora no nos conteste a nosotros, contéstese a usted mismo: ¿Se considera amante de los extremos en esta vida o tiene cierta tendencia al centro?, ¿le convence lo periférico o apuesta más bien por la certeza de las dianas?

El filósofo aguarda, el político calla, y al rato concluye Estero:

—Su corazón es de centro, amigo, como el de Suárez.

Aurelio dilata su pupila y hace vibrar los pelitos del extremo del pincel. Se afloja la corbata, que de repente parece estrangularlo, y cuando baja el cuello en señal se sumisión, su pecho empuja el pincel, que se le adentra más en la retina.

—¡Ahora veo todo más claro! —afirma convencido mientras se levanta y extiende las manos hacia el auditorio.

Al escuchar las palabras del líder, el desconcierto se apodera de los presentes, que, movidos por una excepcional coordinación, se ponen en movimiento y huyen con fragor con la urgente intención de escapar a una reprogramación no deseada. En su desaforada huida, los asistentes colocan pies sobre manos y dedos en ojos, pero con ello no evitan amontonarse en la puerta como sardinas, donde aguardan impacientes a que la sucesión de empujones los conduzca hasta el aparcamiento. En pleno batiburrillo cinético, el pintor arruga la alfombra persa con sus mocasines de suela de ventosilla; los falsos militares huyen empleando el avance a ras de suelo que tanto habían ensayado pero que finalmente no se incluyó en la representación; los azafatos y azafatas dejan caer los platos de queso manchego y las copas de vino de sus temblorosas manos cuando ven la turba que se les aproxima. Todo es caos, malestar y ansia de fuga.

Instantes después, el Salón de Recepciones —sillas, queso, copas sobre la despeinada alfombra— parece haber sido arrasado por la explosiva ciclogénesis que se ha colado por la ventana rota. En el centro de la sala, bajo su hermosa cúpula de gallones, Aurelio y Eulalio se intercambian miradas cómplices. El filósofo se agacha con dificultad para recoger del suelo una botella a la que aún le queda vino. El político mira alrededor con su ojo bueno y pronto encuentra un par de copas de fino porte en un rincón. Las llenan y las levantan desde lo alto del estrado, sincronizadamente.

—Ya ve que la Verdad es bella como una rosa y a la vez solitaria como el andén de una estación abandonada.

—Fundemos un club, amigo Eulalio, y no admitamos a nadie como socio.

El filósofo acerca con distinción su copa a la de su jefe y del entrechocar de ambas surge un poético chinchín.

—Por los despertares —afirma solemne el político.

Cuando dejan vacías las copas, vuelven a mirarse el uno al otro:

—Bueno —dice el filósofo—, ¿y ahora qué hacemos?

—No lo sé, Eulalio. Pero algo surgirá.

Segundo

Fuera, en el aparcamiento, Leonarda Parda pasa serias dificultades al intentar salir de su vehículo a causa del acuático vendaval, que no la deja ni abrir con soltura la portezuela ni, una vez fuera, desplegar tranquila su paraguas. Tarda en alcanzar la escalinata de acceso al palacete más tiempo de lo usual porque parece que el viento la frena adrede. En mitad de la resistencia, pisa un socavón embarrado y cae al suelo. Rodillas desolladas, bolso y pies embarrados, rostro cetrino, pelo de esparto, se adentra en el recinto. Al no ver a nadie en la recepción, sigue en silencio la flecha bajo el letrero «Salón del Emir». En el pasillo, queda espantada por el desorden sobre la moqueta: decenas de folletos arrugados del PMC, cuñas de queso y copas de Rioja. Avanza entonces cuidadosa como una gata sobre un tejado a dos aguas, posando las puntas de sus bailarinas en los espacios libres del alfombrado corredor. Al topar con la recia puerta de roble que da acceso al Salón de Recepciones, siente miedo de irrumpir a ciegas, y antes aproxima el oído a la madera. Solo escucha silencio. Por eso se lamenta de la tardanza y abre desesperanzada la puerta. Entonces sus ojos, sorprendidos, ven cómo un hombre mayor tira del pincel insertado en el ojo de otro, más joven, que se encuentra arrodillado a sus pies. Leonarda reconoce enseguida en el rostro cubierto de reseca plasta carmesí al apuesto líder del PMC. Cuando escucha el ruido de la puerta, Eulalio se gira y ve a la mujer:

—Muy buenas noches, señora. Acérquese, si es tan amable… Y ayúdeme, que aunque más valga la maña que la fuerza en estos casos, no estaría mal contar con un poco de brusca ayuda.

—Ah, no, yo no… —se excusa rápida Leonarda—. Yo no tiro, que me da aprensión.

Y viéndole en un instante el potencial artístico a la escena, añade:

—Mejor siga usted tirando y, si no le importa, hágalo poco a poco, que en un segundo saco mi cuaderno de dibujos y les hago un apunte, que me interesa.

Eulalio piensa «madre mía, otra pintora», mientras la mujer mira interesada la composición que forman los dos hombres.

—Soy Leonarda Parda —les dice extendiendo su pequeña mano enjoyada, que ambos estrechan galantes—, oriunda de las colinas del Chianti pero afincada en esta hermosa tierra desde hace años. De ahí que no perciban mi acento toscano. Venía al mitin, pero se me ha hecho tarde por culpa del insufrible tráfico.

—Un placer —dice Eulalio estrechándole la mano con la que no sostiene el pincel clavado en el político—.

Yo soy Eulalio Estero, ideólogo del PMC... y filósofo, a pesar de todo.

—¡¿Filósofo?!

—¡Ay! ¡Joder, Eulalio! —gruñe el político desde el suelo—. Si no va a sacarme de un tirón el pincel, hágame el favor de soltarlo, que lo mueve y veo las estrellas.

—Suéltelo, Eulalio, suéltelo hasta que yo saque del bolso mi bloc de dibujo y un carboncillo —dice resuelta la recién llegada.

Leonarda se arrodilla y con su mano roza maternal la mejilla del político, que la mira con fijeza recreándose con su solitario ojo en los iris verdes de la mujer.

—Encantada de conocerlo al fin, don Aurelio. Tengo que reconocer que soy su más ferviente adepta... Incluso a pesar de encontrármelo así: de rodillas y tuerto. ¿Qué ha pasado?

—Llámeme Aure, por favor. ¿Qué ha pasado dónde? Me encuentra de rodillas, a sus pies, preparado para recibirla aun sin saber de su llegada. Y con un pincel contra el ojo, ya ve, sabiendo sin saber que a usted le gusta tanto la pintura... La vida es premonición —concluye, ya totalmente eclipsado.

La mujer lo mira escéptica un rato y le dice sin parar de sonreír:

—Bueno... Ahora cállese, estese quieto y no se apure, que enseguida este señor le saca el pincel del ojo. Yo no tardo mucho.

Entretanto mira interrogante a Eulalio en busca de la verdad que no ha podido obtener de boca del político.

—Nada, que un pintor comunista le ha atacado con su herramienta de trabajo —responde el filósofo a la elocuente mirada de la mujer.

Leonarda frunce los labios un instante y luego sonríe.

—Qué casualidad lo del pintor, ¿no? —prosigue resuelta, dominante—. Un colega mío entonces. No por comunista, líbreme Dios; sino por lo de artista. De todos modos yo soy doctora en Historia del Arte; mera aficionada en su elaboración, no crean. No estudié Bellas Artes porque nací en familia decente y no me dejaron. Ahora hago mis pinitos y participo del «realismo grotesco». Eulalio, si es tan amable, continúe usted tirando del pincel. Pero despacio, no se precipite demasiado para que yo pueda esbozar tranquila mi obra.

Leonarda saca del bolso el carboncillo y un bloc de dibujo y luego se distancia un poco para adquirir una visión de conjunto. El filósofo obedece agarrando el pincel con ambas manos y haciendo como que tira. Se hace entonces un respetuoso silencio en el que únicamente se escucha la fricción del carbón sobre el papel. Eulalio, cansado de la simulación, tira en serio del pincel un poco, pero cuando Aurelio gruñe se está quieto. La mujer alterna miradas al papel y al par de hombres mientras entorna los ojos con aires de profesionalidad. Cuando acaba, se acerca a ellos con el dibujo.

—Cosas mejores he hecho. Consideren que el reloj estaba en mi contra.

El filósofo mira el papel.

—Nadie le había puesto a usted tiempo —afirma receloso—. Además, ¿qué es eso que me ha dibujado encima del hombro?

—Un saltamontes. Me gusta introducir en mis composiciones ciertos toques de exotismo.

—¿Un saltamontes? ¡Pero si esa cosa es más grande que un tigre! Además, parece que me está comiendo la cabeza, ¿no?

—Puede ser... He tratado de explorar el sincretismo entre Kafka y Dalí.

—Si sois tan amables... —empieza a decir Aurelio, desde el suelo, carcomido por la curiosidad—. Si sois tan amables de bajarlo un poco para que mi solitario ojito bueno lo vea...

La mujer muestra su obra al político. Este entorna su único ojo sano y permanece un rato recreándose en su figura implorante al carboncillo, el esbelto pincel clavado en la cara, la desgarbada figura de Eulalio tirando de él, y el insecto inmenso planeando sobre uno de sus hombros.

—Es bueno, muy bueno —dice al rato—. Hermana impresionismo, surrealismo y cubismo mejor que Goya. Además, hay que ver qué uso tan particular hace esta mujer del color.

El filósofo vuelve a mirar el dibujo y esboza una mueca extrañada.

—¿Del color? Leonarda, disculpe usted a don Aurelio pero parece que con la estocada en el ojo ha perdido algo más que su capacidad para apreciar la tercera dimensión.

—¡Ni mucho menos! ¡El color es una cualidad subjetiva! ¿No es cierto, señorita? ¡Ilusos quienes creen que el ojo humano contempla con pies de plomo! ¡Ver es alterar y hacer de la realidad algo propio! La fuerza expresiva de este dibujo es la misma contemplación, la mera contemplación. ¡Pero mírelo bien, Eulalio!

El filósofo mira el dibujo y pone cara de póquer. Luego se aleja del político y toma del brazo a Leonarda.

—Creo que el pincel le ha llegado al cerebro —le susurra.

—¿En serio? A lo mejor es que tiene una sensibilidad especial para el arte.

—No. Créame.

—Entonces deberíamos llamar a una ambulancia.

—Llamamos hace rato, antes de la tropelía. Pero esto es España y la galbana mediterránea es potente.

—Lleva usted razón. De todos modos, el retraso de hoy lo justificará la tormenta, que habrá causado más de una desgracia. Llamemos de nuevo.

—No, mejor no. Ahora que ha pasado la euforia del incidente y han huido hasta los guardaespaldas de mi jefe, mejor ser cautos e intentar evitar un escándalo a toda costa. Aurelio aún puede ser presidente.

—¿Presidente? ¿Así, tuerto?

—Así tuerto. La mayoría son ciegos.

—¿Y si alguno de los presentes ha sacado fotos que ya están circulando por la red? Ya es tarde.

—Lo dudo. Los votantes conservadores perdonan todo a los suyos. Somos como una gran familia. El problema lo tenemos fuera, con la prensa progre. Debemos evitar que esto trascienda a nivel nacional; al fin y al cabo estamos en una ciudad de provincias.

Leonarda reflexiona un instante y luego sonríe satisfecha:

—Se me ocurre algo. A ver... El novio de mi hijo es camillero del hospital provincial. Si lo llamo ahora mismo y el muchacho tiene la bondad de interceder, podemos montar al señor Aurelio en una ambulancia discreta y menuda y, sin aspaviento alguno, trasladarlo a un centro sanitario. ¿Qué le parece?

—Que ya podría tener su hijo un novio médico. Para esperar a un camillero, lo llevamos nosotros mismos.

—¿Nosotros? ¿Cómo? ¿En mi coche? No conviene que alguien pueda ver a don Aurelio bajando de un Seat, sería correr un riesgo enorme.

—¿Y si nos trasladamos en algún vehículo oficial? Tiene que quedar alguno en el aparcamiento... —pregunta Aurelio, que se afana en que no lo aíslen de la conversación.

—¿Usted cree? ¡Seguro que se los han llevado todos los bribones de los guardaespaldas! —apunta el filósofo.

—Desde luego yo al llegar no he visto ningún vehículo con caché... Había pocos y malos. Precisamente eso es lo que más me ha extrañado. Y luego ver sola la rcccpción.

—¿Ve, don Aurelio? Eso le está bien empleado por contratar a mercenarios.

—¿Qué hacemos entonces?

—Lo que yo he dicho y punto.

El señor Estero mira a su jefe, que asiente conforme.

—De acuerdo, llame... —rubrica el filósofo—. Y tome su dibujo; consérvelo, que es bonito.

Leonarda coge el dibujo y estampa un barroco garabato abajo a la derecha. Se acerca a don Aurelio, que acaba de sentarse en el suelo, harto ya de sentir aplanadas las rodillas, y lo deja caer en su regazo, donde se posa después de un bello planeo en rítmico zigzag. El político se toma este gesto de la mujer como una nueva oportunidad para el flirteo:

—Pronto se inaugura una nueva línea de AVE que pasa por mi pueblo natal. Me invitan a pernoctar en el Parador y mi esposa no querrá dejar con la nodriza a los niños. ¿Le gustaría acompañarme a cortar la tirilla?

Leonarda se pone pálida, cierra los ojos y se dirige a Eulalio:

—Urge la ambulancia.

La mujer escarba en su bolso y al rato saca de él un teléfono móvil. Después de acariciar con presteza la pantalla táctil y aguardar unos instantes, alguien contesta al otro lado.

—Guapete, soy yo. Oye, ¿sigues saliendo con mi hijo?… ¿En serio? Pues este favor me lo debes, que sabes que yo siempre te he querido bastante más que a él. Es que estoy en el Parador de La Arruzafa y quiero que vengas enseguida con una ambulancia discreta… Sí, discreta. Es para atender con cautela a nuestro futuro presidente del Gobierno, Dios mediante… Porque no sé si te habrás enterado del escándalo, pero la que se ha liado aquí por lo visto ha sido de órdago… En fin, que no están las cosas como para andar por pasillos de hospital a bombo y platillo… Solo una mera extracción, cosa de rutina… Sí, sí… Sí… ¿Qué?… ¿El helicóptero? ¿Y tú sabes conducir ese trasto? Sí… ¿Cinco minutos? Estupendo… Que sí, que de aquí no nos movemos… Fantástico… Gracias, hijo.

Leonarda pulsa un botón y esboza una sonrisa triunfante.

—Gabriel, el ex de mi hijo, estará aquí en cinco minutos con un helicóptero sanitario —informa a los presentes—. Rompieron la semana pasada, pero por suerte aún se echan de menos.

—¿En serio? —pregunta el filósofo sudoroso—. ¿Y tiene carné para conducir ese trasto?

—Hombre, eso se supone, ¿no?

Al cabo de unos minutos, unas aspas de helicóptero rompen el aburrido silencio que reina en el asolado salón. Leonarda deja de ver videoclips en el móvil, el filósofo se levanta de la silla donde hace rato se ha dejado caer y el político despierta del sueño de un solo ojo en que se encontraba sumido. El estruendo se adentra por la ventana rota del palacio ensordeciendo a todos. Cuando poco después cesa el sonido del motor, se suceden un par de portazos metálicos y el crujido de unas ramas. Leonarda, espontánea, se acerca a don Aurelio, se arrodilla a su lado y hace el intento de levantarlo.

—Arriba, campeón, que esto es ya coser y cantar. Una vez montados en ese artefacto, solo tenemos que despegar y volar rumbo a un hospital discreto donde efectuar la extracción. Después, queroseno mediante, volaremos rumbo a Madrid para dejarlo a usted, señor futuro presidente, en los alrededores de La Moncloa.

—Mejor si me dejan en Serrano, que yo en La Moncloa todavía no tengo cama.

Un ruido de cristales rotos los hace a los tres volverse hacia la ventana. Por el vano practicado por los militares en una de las ventanas, penetra seguro de sí un hombre corpulento. Leonarda se fija bien, pero tarda en reconocerlo.

—¡Gabriel! —exclama mientras corre hacia él con los brazos abiertos.

—¡Leo! —corresponde él, efusivo también, dejando caer al suelo un maletín de primeros auxilios.

Cuando se separan, el hombre, educado, estrecha la mano de Eulalio.

—Gabriel Paniagua. Un placer. A su servicio.

—Eso dígaselo a don Aurelio… —apunta el filósofo.

El camillero entonces se agacha y le inspecciona el pincel al político. Después de un rato, concluye:

—Es mejor no esperar más. Procederé a la extracción ahora mismo. Bisturí, por favor.

—¿Y usted tiene titulación para…? —empieza a decir alarmado Estero, pero en ese preciso instante se escuchan varias sirenas.

—¡La policía! —exclama Aurelio después de unos instantes de sorpresivo silencio.

—¡La reputación! —grita justo después Leonarda.

—¡Huyamos!

Con Aurelio en volandas, la historiadora del arte, el filósofo y el camillero saltan por la ventana a ras de suelo y corren en dirección al helicóptero de Emergencias Sanitarias, donde respiran aliviados. Colocados los sanos en los asientos y el enfermo en la camilla, el camillero cubre sus orejas con unos pomposos auriculares y acciona mil palancas y motores, dándoles a todos la sensación de que sabe mucho acerca del funcionamiento de aquel aparato. Cuando las aspas empiezan a girar, los agentes aún están bajando de los recién llegados coches patrulla. Un par de policías salen de su vehículo y ven impotentes cómo el artefacto despeina las banditas de pelo que velaban sus calvas. Los huéspedes del Parador no se asoman a las ventanas porque la insonorización es buena, y los que van a bordo piensan rápido una dirección mientras se aproximan al cielo. Cuando todos se han acoplado sendos cascos con micro que les facilita Gabriel, habla Leonarda:

—Ahora que barajo rápido las opciones que existen, pienso que no hay un lugar más discreto para el aterrizaje en toda Córdoba que el Patio de los Naranjos de la Mezquita-Catedral. Vayamos allí y ya tomaremos una decisión. ¿Ustedes qué piensan?

Los miembros de la tripulación se miran expectantes. El camillero, a la espera de alguna objeción, vuela en círculos. Habla el filósofo:

—Yo no soy de aquí pero no hace falta ser un lince para ver que lo que esta mujer dice es un disparate. No cuestiono la calidad de la Mezquita cordobesa como monumento, pero permítame cuestionar su calidad como lugar para el aterrizaje. ¿Por qué no vamos al hospital?

—Porque mi Gabriel sabe sacar pinceles de ojos. Y si puede hacerlo él discretamente y que todos pasemos más desapercibidos, mejor.

—Entonces vayamos a un descampado.

—Eso es, ¡con las putas y los yonquis!

—En efecto, Leonarda. No son nuestros votantes. Pero es que me aventuro a creer que ni conocen de vista al señor Ruz. Así que perfecto. Exponga ahora usted las ventajas del Patio de los Naranjos.

—¡Ahora mismo! El Patio de los Naranjos de la Mezquita-Catedral es el lugar más idóneo por varias razones. En primer lugar, porque este helicóptero tiene un tamaño reducido, ideal para embutirse entre las hileras de cítricos. En segundo lugar, porque la Mezquita es un enclave en el que nadie espera que vaya a aterrizar de incógnito el futuro presidente del Gobierno con un pincel hincado en un ojo, y estamos de acuerdo todos en que lo esencial aquí es ir a contracorriente para esquivar a las masas. Y en tercer y último lugar, porque mi tesis doctoral se tituló «La Mezquita de Córdoba: realidad y quimera», y eso prueba el exhaustivo estudio que tuve que realizar del legendario edificio. Por eso conozco palmo a palmo su planta, sus pasadizos secretos y sus talones de Aquiles. Lograremos salir a la calle a tres manzanas del recinto, lo cual es una ventaja si conseguimos sacarle a don Aurelio el pincel y disfrazarlo de turista.

El filósofo permanece un rato pensativo y finalmente concluye:

—Lo siento, pero no me convence su plan.

Leonarda, herida como por un rayo imprevisto, se quita el cinturón, escarba en su bolso y saca una Colt Python 357 Magnum 6" color granate con la que apunta a la sien de Eulalio. Entre los dedos se vislumbra una culata en la que se estampa el ala del ángel de una Anunciación de Fra Angélico. El filósofo se nota al filo de la inconsciencia.

—A la Mezquita entonces —dice resuelto el piloto, y deja de volar en círculos y coloca el morro del artefacto en dirección al casco histórico.

—¡No! —exclama Leonarda con un vozarrón que parece salido de ultratumba y que a todos molesta en los oídos—. ¡A mí nadie me da la razón como a los locos!

Y enseguida, sin dejar de encañonar a Eulalio, introduce la mano, hábil, en el bolsillo interior de su chaqueta y saca una pequeña navaja automática que extiende rauda su hoja en dirección al cuello del piloto. Al notar el metal contra la piel, el camillero da un respingo y el helicóptero desciende varias decenas de metros. La mujer permanece un rato presionándole a su yerno la nuez de Adán con la afilada hoja, sin dejar de apuntar con la Colt a Eulalio. Aurelio, desde la camilla, ve la escena con un solo ojo y achaca a la perspectiva, que sabe que le está en parte vedada, lo inverosímil de la situación. La autoestima de Leonarda se acrecienta al saberse un aspa agresiva —brazos y piernas centrífugos— que araña por ambos flancos a dos hombres necios.

—¡Vamos a la Mezquita y punto! —grita fuera de sí.

Gabriel asiente en silencio, y solo cuando la mujer suspira y guarda la navaja y baja la pistola, se atreve a hablar.

—Disculpa, Leo, pero esta navaja en vez de pinchar, araña —dice llevándose un índice donde ella ha posado el acero—. La verdad es que no parecía muy afilada... Conste que me has acojonado más por tu actitud que por el arma.

—¿En serio? Pues es de Albacete.

—De bar de carretera entonces.

—De lo que sea, pero no me toques las narices, que si llego a apretar un poco te rebano el gaznate.

Eulalio se pregunta si la pistola también era de bar de carretera manchego mientras siente aún las piernas flojas. Aurelio, que durante un rato ha contemplado la escena en silencio, decide intervenir:

—Estas circunstancias son anómalas —dice con la metálica voz que inventa el micro de sus cascos, que le confiere un aséptico tono de computadora—. A ratos me parece que vivo en un sueño. ¿Quiénes somos? ¿De quién huimos?

En el habitáculo se hace tal silencio que ni el motor del artefacto parece sonar ya. A Leonarda le calan hondo los interrogantes del político y busca con la mirada su asiento, donde se deja caer abatida. Gabriel suspira aliviado y le aconseja con trémulos gestos que se abroche el cinturón, a lo que la mujer obedece enseguida. Después de varios instantes de silencio, el filósofo Estero carraspea nervioso y se dirige al piloto para normalizar la situación:

—Oiga, don Gabriel, ¿cuándo aprendió usted a pilotar? Se le nota avezado en el asunto.

—Hombre, gracias. La verdad es que hace relativamente poco. Y lo cierto es que tiene su complicación, no crea; pero cuando uno le coge el tranquillo…

—Pues como todo en esta vida, ¿no? A mí también me pasó lo mismo con la Filosofía, que también es ciencia de difícil pilotaje.

Después de estas palabras, Eulalio queda meditabundo y de nuevo se hace el silencio. Don Aurelio tiene entornado su único ojo y Leonarda mira por una ventanilla la luna, que empieza a asomar por entre las veladuras de unas nubes cada vez menos espesas.

—Amables pasajeros, ya llegamos —dice Gabriel con voz de azafato—. Prepárense para el aterrizaje.

Y luego acciona botones y mueve con suavidad la palanca entre sus piernas. El aparato desciende con cautela hasta aterrizar entre los naranjos, mientras su ruido quiebra la tranquilidad del casco antiguo de la mansa ciudad de provincias.

Tercero

El agua de la fuentecilla que preside el Patio de los Naranjos se mueve formando minúsculas ondas a la matizada luz de la luna. La sutil agitación que provoca el vientecillo de la aún intempestiva noche, se transforma en leve tsunami cuando el helicóptero aparece por el flanco izquierdo del alminar de la Mezquita. Tres minutos más tarde, copas despeinadas, troncos tronchados y media Córdoba despierta, el artefacto aterriza cerca de los soportales de la antigua escuela de filosofía. Ya desembarcada la tripulación y atusadas sus vestimentas y cabellos, Eulalio coloca a Aurelio sobre el empedrado aprovechando como respaldo el pilón de la fuente. Cuando cesa el ruido del motor y se detienen las aspas, un nuevo sonido quiebra el reciente silencio.

—Mi móvil —anuncia adusto Gabriel.

El camillero saca el teléfono de uno de los bolsillos de su chaleco reflectante.

—Es un mensaje de tu hijo, Leo —dice mirando distraído la pantalla—. Me advierte de que es ya noticia estatal lo ocurrido en el mitin. Me aconseja desvincularme de lo que está pasando. Y a ti te manda besos.

Leonarda acaricia la culata de su pistola con gesto amenazante.

—De todos modos, es evidente que tu hijo exagera y desconoce la auténtica naturaleza de lo que estamos viviendo. No solo permaneceré a tu lado para la extracción del pincel del ojo de este señor, sino también para todo aquello para lo que necesites mi ayuda de diligente yerno.

Leonarda levanta el dedo de la culata y respira tranquila, pero enseguida frunce el ceño.

—Un momento... ¿Y quién le ha contado a mi hijo que estás conmigo?

Gabriel baja la cabeza como el niño arrepentido de una trastada.

—Es que nos lo contamos siempre todo. Hemos cortado pero seguimos siendo... íntimos.

Leonarda lo mira severa.

—Bueno, bueno... Agua pasada no mueve molino —media Eulalio conciliador—. Saquémosle ya a este hombre el pincel del ojo, que hace tiempo que no es más que una sombra de lo que fue.

El camillero se dirige de nuevo al helicóptero, de donde regresa con su maletín niquelado. Luego se acerca receloso al político, se agacha y le posa dos yemas en la muñeca para tomarle el pulso. Leonarda también se acerca y le pasa por la frente una maternal mano con la que pretende calcular su temperatura. Eulalio queda expectante a unos metros de distancia.

—Este hombre no está bien —suelta al rato Gabriel—. Su pulso es débil.

Después le aplica al pecho el fonendoscopio y afirma y luego niega.

—Vamos a intentar extraerle el pincel, ¿de acuerdo? —le pregunta a don Aurelio, que asiente desde el suelo con el ojo bueno casi entornado.

Después de examinar durante unos instantes el contenido de su maletín, el camillero concluye que no contiene ningún utensilio médico que pueda servir para sacarle al político la madera del ojo. Se pone entonces unos guantes de goma y empieza a tirar del pincel a pequeños intervalos, secamente, describiendo círculos, empujando primero... pero nada. Entretanto Aurelio se queja sordamente, al filo de la inconsciencia. Gabriel, desesperado, intercambia una elocuente mirada con Eulalio y Leonarda, que lo entienden de inmediato. Entonces la mujer toma la iniciativa y se encarama decidida al pincel como a una rama; el filósofo se aferra a sus caderas, y al camillero no le queda más remedio que tomar de la cintura a Eulalio.

Esto es una idiotez, pero intentémoslo —apunta desde la retaguardia.

—Sincronicémonos y tiremos del pincel a un tiempo —apunta la mujer decidida—. Atentos todos. ¿Preparados? ¿Listos? ¡Ya!

Cinco minutos más tarde todos cesan exhaustos en su esfuerzo con la sensación de que al pincel lo succiona el cerebro. Con los brazos en jarras, Eulalio, Gabriel y Leonarda miran con lástima al desahuciado político, que de pronto abre mucho el ojo sano, se agarra el pincel con decisión y lo troncha con una fuerza nunca vista. Todos quedan paralizados de la impresión que les causa la dantesca escena.

—¡Ea, ahora veo el mundo con un ojo áspero y fustigador! —exclama con una euforia que lo anestesia—. Acérquese, amigo Eulalio. ¡No tema!

Eulalio se aplaca nervioso las arrugas de la corbata y se aproxima a su jefe, junto al que se agacha con la escasa habilidad que le brindan sus años. Aurelio le susurra al oído:

—Le agradezco la conversión a la que me sometió antes. Ahora sí puedo afirmar que soy un hombre nuevo. Me parece que mi lasitud era consecuencia del contacto de los pelillos del pincel con la atmósfera. Ahora en mi persona se aúna la clarividencia filosófica de la que me ha hecho partícipe y el ojo áspero que le debo a mi agresor. Mire, toque, amigo Eulalio, compruebe usted mismo su textura: perfecto astillado de roble. Ahora mi ojo, implacable, le levantará la mugre a Occidente.

Cuando acaba de decir esto, el señor Ruz se levanta apoyándose en el poyete de la fuente, y añade en voz alta y dirigiéndose a los demás, que hacen corrillo en torno a él:

—¡La hora de la lucha ha comenzado! ¡Muerte al PMC!

Se hace un silencio estupefacto al que le sigue el ladrido de un perro vagabundo.

—¡Pero bueno! —prosigue extrañado—. ¡No permanezcan ahí boquiabiertos, acérquense a mí y toquen; sientan sobre sus yemas neófitas la aspereza de mi ojo avizor!

Leonarda, Eulalio y Gabriel intercambian interrogativas miradas que no aciertan a encontrar respuestas. Finalmente deciden formar una fila india para palpar por turnos las astillas del pincel. Aurelio sonríe mientras todos acarician con miedo el extremo roto de la madera.

—¡Ver para creer, amigos! —apunta eufórico el político, y en un arrebato de irrefrenable altruismo—: Gabriel, lléveme usted enseguida a Madrid, que me urge donar mis posesiones a Cáritas.

Antes de que el camillero responda, Leonarda se enerva y saca de nuevo su pistola del bolso. El silencio de la noche cordobesa se rompe a causa de un estrepitoso disparo al cielo. Poco después un casquillo golpea la cabeza de la mujer, atraído por la habitual fuerza gravitatoria.

—¡Ay! —exclama, y cae redonda al suelo.

Eulalio y Aurelio se agachan rápido junto a su cuerpo, que queda extendido sobre el empedrado.

—A esta mujer la ciega el mal genio. Hay que ser tonta para pasarle lo que le ha pasado —apunta, harto ya, el filósofo.

—No se propase con la dama, Eulalio, que gracias a ella estamos en este enclave ancestral —apunta Aurelio mirando admirado a su alrededor.

Cuando los dos hombres, sin saber qué hacer exactamente, se levantan en busca de Gabriel, este ya se agacha junto a ella con el maletín y le guantea las mejillas hasta que la mujer abre unos ojos como brocales de pozo.

—Leo, ¿estás bien? —y ante el perplejo silencio de esta, añade—: ¿Por qué no me das la pistola?

—¿La pistola? —pregunta ella con gesto extrañado—. ¿Qué pistola?

Pero de pronto le asaltan recuerdos fragmentarios y se toma la petición del camillero como un peligroso acto de rebeldía. Por eso lo agarra de los faldones de su chaleco reflectante, lo atrae hacia sí y ambos ruedan por el pavimento del Patio de los Naranjos llevándose bastante hojarasca prendida de la ropa.

Si la escena no se contempla desde su inicio, se diría que son dos procaces amantes en mitad de un exótico revolcón. Metido el camillero tras dilatada brega en un arriate de naranjo, Leonarda se monta victoriosa sobre él, le posa el cañón del arma en la sien y lo mira muy de cerca amenazante. Cuando Gabriel está por fin paralizado por el horror, la mujer se levanta, se sacude la ropa y se adecenta un poco el pelo. Luego, como si nada, se dirige a Aurelio y Eulalio, que han asistido a la lid en un alucinado silencio.

—¡De aquí no se mueve nadie! ¡Ni a casa, ni a Cáritas, ni a ninguna otra parte! Voy a ser sincera con ustedes… —y al decir esto dedica también una fugaz mirada a Gabriel, que sin éxito intenta incorporarse en el hoyo del árbol—. Quiero robar ahí dentro.

—¡¿Qué?! —exclama Eulalio.

—Que ya que estamos aquí, quiero aprovechar para robar una cosita… de ahí dentro.

Se hace un silencio que Leonarda no deja que se dilate:

—Así pues, procederé a asignarles sus respectivos papeles. Yo seré el cerebro pensante; Gabriel, el brazo ejecutor; Aurelio, el ojo que todo lo ve, y Eulalio, un artista musical.

Gabriel resopla agachado junto a Leonarda, mientras intenta incorporarse. La mujer lo mira arrepentida y le tiende una mano.

—Disculpa, Gabriel. Sabes que te tengo aprecio y que hace meses que acepté tu relación con mi hijo. Nada de lo que está pasando es personal.

Cuando el camillero se incorpora, la mujer mira el reloj de su muñeca.

—¡Son ya las doce menos diez! —exclama alarmada—. Dense prisa, no vaya a ser que nos acabe amaneciendo. Tienen cinco minutos para preguntar dudas.

Leonarda intercambia entonces miradas de lince con los tres hombres. Lo postizo del silencio acaba acunando interrogantes. Habla Eulalio:

—A ver, ¿qué desea usted robar ahí dentro? ¿Arcos de medio punto, quizá?, ¿o tal vez de herradura?

La mujer responde con indiferencia:

—No sea usted cínico. Quiero robar la Custodia de Arfe, la que surca las calles de Córdoba con la Sagrada Forma en su interior durante la festividad del Corpus. Fue forjada en el siglo XVI por el célebre orfebre alemán. Casi doscientos kilos de alevosa riqueza en forma de oro y plata; esto es, euros por un tubo. Y puestos a hacer conversiones, felicidad.

El silencio vuelve a hacerse entre los tres hombres, estáticos, atónitos, muy verticales. Un murciélago parduzco sobrevuela sus cabezas con un cadente aleteo. El filósofo es el que siente curiosidad de nuevo:

—¿Y... con qué finalidad desea robar esa custodia?

—Me alegro de que me haga esa pregunta. Verá... La finalidad es doble. Es evidente que económica por un lado; pero por el otro, también estética. La primera no necesita argumentación alguna; la segunda se sustenta en el hecho de que es bastante obvio que la custodia está en completa disonancia temporal e ideológica con el edificio que la alberga. O Mezquita o Catedral: de ninguna manera debemos seguir permitiendo semejante popurrí arquitectónico. Y el caso es que la custodia catedraliza este edificio como ninguna otra cosa.

Leonarda se detiene un instante en su argumentación para tomar aire. Pero prosigue enseguida:

—Yo en arte soy muy purista. Además, es evidente que la custodia atenta contra lo estéticamente admisible. No sé si se me comprende, pero a mí me parece que la necesidad de desaparición de la que adolece esa cosa es tan enorme que los beneficios monetarios que podríamos obtener de ella hasta podrían considerarse un mero daño colateral... Es mi único desvelo desde hace años librar a la sociedad de las lacras artísticas, y he visto en todo lo que nos ha sucedido hoy la señal que esperaba. Sepan que únicamente he sido un mero rodrigón de las circunstancias, pues si ya es difícil que la casualidad ponga un pavo en la mesa del pobre, más complejo es aún que lo ponga trinchado. Les juro que yo no había planeado nada de esto, que simplemente por la tormenta, a causa de un atasco, llegué tarde al mitin del PMC, al que voto desde hace años, porque, a pesar de lo que pueda parecer, la verdad es que en materia ideológica soy muy conservadora.

—¿Y dice usted que vota al PMC desde hace años? —pregunta interesado Aurelio, e inmediatamente añade—: Pues deje de hacerlo inmediatamente. Si me promete que deja de votar al PMC, puede contar con mi ayuda en sus quehaceres.

Leonarda mira al político de hito en hito, y luego vuelca su insatisfecha mirada en Eulalio.

—Es que lo he persuadido de que tenemos que idear una formación de centro —le explica el filósofo—. Si hubiera usted llegado a tiempo al mitin, ahora ataría cabos.

—Y no solo eso —añade ilusionado Aurelio—. Además, como ya dije antes, quiero donar mi fortuna a Cáritas. Y una cosa más le digo, doña Leonarda: renuncie usted a cualquier consecuencia económica de esta aventura. Mi sudor es suyo si destina el hurto de la custodia a paliar el hambre mundial.

La mujer suspira, chasquea la lengua e increpa al filósofo:

—Ya podría usted haberse guardado de quitarle la venda ideológica a este hombre. ¡Ahora nos va a tocar bregar con un filántropo!

—¿Habla en serio, Leonarda? —pregunta extrañado el político.

—¿A usted qué le parece?

—Que acaba de descubrirnos sus cartas. Es evidente que para usted el dinero es poderoso caballero. A lo mejor el arte no es aquí el asunto principal después de todo…

Aurelio dice sus palabras encogiéndose de hombros, negando con la cabeza y esbozando una mueca de tipo duro; como Bogart haciendo del detective Spade, piensa con intención. Avanza entonces con paso seguro rumbo a la Puerta del Perdón, la que da al barrio de la Judería.

—¿Dónde cree usted que va, amigo?

El político se detiene al escuchar a sus espaldas la esperada voz de Leonarda, pero decide no girar el tronco hacia ella para que no piense que le está haciendo alguna concesión. Únicamente rota un poco el cuello para que los otros le vean desde atrás la emergente punta del pincel.

—Me voy a casa. Como he subvertido mi escala de valores, ya no me importa mi pundonor. Tampoco me importan los beneficios económicos… Por eso no pienso transigir con su hurto interesado. Además, no puedo asegurarle que no vaya a decirle nada a la policía. Un placer. Buenas noches a todos. Eulalio, ¿viene?

Leonarda mira a Eulalio, Eulalio se encoge de hombros y la mujer, desesperada, decide volver a sacar de nuevo la pistola, esta vez para encañonar al político.

—Tres pasos más y le vuelo los sesos —le dice—. Ahora que es usted rojo, lo mismo me da o incluso mejor.

Aurelio continúa avanzando, pero más tímidamente y con los hombros un poco encogidos, desconfiado del impetuoso dedo de la mujer.

—¡Deténgase!

Aurelio obedece, se detiene, y vuelve a girar un poco el cuello.

—Regrese aquí y lo hablamos, ¿de acuerdo? —cede Leonarda, aunque continúa encañonándolo—. ¿Usted qué propone?

El cambio de estrategia de Leonarda conmueve al político, que ahora sí se da media vuelta y regresa a su lado al tiempo que ella vuelve a guardar la pistola en el bolso.

—Negociemos, pues. ¿Es eso lo que quiere?

—Desde luego no estaría mal un poco de diplomacia —afirma el político dedicándole a la mujer la más pensada de sus sonrisas.

—A ver... Pienso ahora que podemos destinar a obras de caridad el veinte por ciento del valor neto de la custodia. El resto nos lo repartimos entre nosotros, que tendremos que afrontar los gastos del robo y el traslado. Creo que eso sería lo más inteligente.

—Yo ya he dicho que no quiero dinero. Así que también destinaré a la caridad lo que me corresponda.

—Y yo haré lo mismo —se suma convencido el filósofo.

Leonarda y los dos hombres miran atentos a Gabriel.

—Pues yo creo que no, que está la vida muy mala —dice, tímido, el camillero—. Además, yo soy un simple operario.

Leonarda agradece el respaldo ético de su medio yerno.

—¿De acuerdo todos entonces? —pregunta confiada.

—De acuerdo. ¿Ve usted como las palabras pueden más que las balas?

La mujer asiente a pesar de que no está muy convencida de eso. Mira de nuevo el reloj:

—¡Bueno! ¡Son ya las doce y cinco! Dejemos para luego la cháchara.

Todos callan.

—Acérquense.

Todos se acercan.

—Y estense atentos a mis instrucciones en todo momento.

La mujer camina entonces con decisión hacia el edificio sagrado seguida por los tres hombres; entretanto, desliza dos ojos rastreadores por el empedrado del patio. Con admirable parsimonia escruta un fragmento del muro que luego acaricia con los dedos mientras cuenta en voz baja. Al rato se detiene, se agacha y mueve una de las piedras lindantes. Después de un breve forcejeo, la levanta y deja al descubierto una cerradura herrumbrosa. Introduce en ella una misteriosa llave que saca del bolso y que gira un cuarto de vuelta. Entonces una porción del empedrado comienza a abatirse sobre las cabezas de los presentes revelando una negrura que compite con la noche. Cuando cesa la elevación automática, Leonarda saca la llave y se parte una uña al arañar la gravilla sin querer. Con el dedo metido en la boca, la mujer desciende e invita a descender a sus acompañantes por unas angostas y arcaicas escalerillas. A su paso, van encendiéndose una serie de antorchas medievales habilitadas a lo largo de un corredor de verdinosas paredes. Gabriel cierra el grupo, y el empedrado, movido por un mecanismo interior que acciona Leonarda, se les viene encima con un sonido de montacargas. Tres recodos y pico después, sonriente ella, atónitos ellos, llegan todos a un habitáculo trapezoidal lleno de pasamontañas, arneses y explosivos. El grupo se distribuye por indicación de la mujer alrededor de una mesa enorme sobre la que hay un ordenador portátil y un proyector. Leonarda se coloca de pie en la cabecera y saca un mando con el que apunta a la pared de enfrente, de donde baja una pantalla blanca.

—¡Madre mía! —dice Gabriel rompiendo el expectante silencio—. ¡Todo esto parece sacado de una película o de una novela!

Eulalio, aunque, en efecto, está sorprendido, intenta explicarse de la mejor manera todo aquello.

—¿Estos pasadizos subterráneos forman parte del entramado que enlazaba la Mezquita con el Alcázar Real?

—No. Estas habitaciones las hicimos los arqueólogos para guardar nuestros aperos y estar fresquitos en verano. El pasadizo del que usted habla está bajo el templo, a la altura del mihrab. Ahora, si se callan unos instantes, les explico cuáles son exactamente mis intenciones.

Aurelio desea preguntarle a Leonarda si hay cerca unos aseos, que ya no aguanta más porque ha bebido mucho vino tras su mitin, mientras esperaba a la ambulancia, pero opta por callarse porque piensa que no es el mejor momento, ni quizá el mejor lugar.

El frufrú de la chaqueta de imitación de la mujer es lo único que se escucha cuando esta se coloca junto a la pantalla tras encender el ordenador. Durante el rato que dura la presentación de PowerPoint que ha preparado, Leonarda hace gala de un uso impecable de su mando a distancia, que ahora pasa como por arte de magia las diapositivas, ahora emite un haz de luz sobre la tela donde la experta señala algunos aspectos de relevancia. Al final de la presentación, el cañón proyecta sobre la pantalla un plano en tres dimensiones de la planta de la Mezquita.

—Como ven, mi propósito es robar la Santa Custodia, cuna itinerante de la Sagrada Hostia cuando la pasean por la calle. Y como han podido comprobar en las imágenes proyectadas, el citado objeto se halla cubierto por una urna de un cristal duro como la piel del coco. Además, como en las películas, el cuerpo del tesoro es acariciado de continuo por estratégicos rayos láser. La urna que la contiene se encuentra en el centro de una de las capillas radiales que lindan con el muro de la quibla, justo entre las naves que ordenó hacer Alhakén, y la posterior ampliación de Almanzor. Mi intención es volar la cúpula de esta capilla empleando explosivo Goma-2 en cantidades suficientes, para a continuación descender hasta la urna con una sierra que nos permita romper su cristal. Después, una vez sorteado el complejo y temido sistema de rayos, propongo sujetar la custodia con grueso cableado y sacarla por el techo sirviéndonos de la fuerza motriz del helicóptero.

Leonarda acaba su parlamento casi sin aire, y mientras respira mira expectante a los tres hombres.

—¿Admite usted sugerencias? —apunta tímido Eulalio.

—Por supuesto que no. Llevo años planificando esto y creo que mi plan es redondo.

—¿Años? ¿Y cómo es que nos lo confía ahora a nosotros, así, de manera improvisada? —pregunta Aurelio mientras acaricia con recelo las aristas del pincel en su ojo.

Leonarda suspira, nerviosa por empezar el hurto, cansada ya de tanta palabra.

—A ver… Debía ser cautelosa y tampoco podía poner un anuncio en el periódico para reclutar voluntarios afines a mi causa. Llevo años trabajando en la conservación de este edificio. A ojos de mis empleados y del cabildo catedralicio, esta cripta es mi despacho. Llevaba meses dándole vueltas a la idea de pedirle a la policía o al hospital un helicóptero, y lo cierto es que en la ocasión de hoy he visto la oportunidad perfecta para…

—Vamos, que improvisadamente ha decidido utilizarnos para sus fines interesados.

—¿Ahora salta usted con esas, don Aurelio? —recrimina el filósofo a su jefe—. ¡Menudo lince está usted hecho! Esta mujer lleva usándonos desde que nos dijo hola.

—No. Tanto no. La idea de traerles aquí me ha surgido luego, al subirnos en el helicóptero. Si llego a saber antes que mi yerno pilota artefactos, esto se queda en un asunto familiar. Bueno… —vuelve a arrojar una preocupada mirada sobre la esfera de su muñeca—. Vamos a concretar los quehaceres individuales. A ver… Gabriel pilotará el helicóptero hasta la cima de la cúpula de la capilla, donde se detendrá con ese particular vuelo del colibrí que tan bien imitan estos cacharros. A Aurelio, hombre astuto y de apariencia sigilosa, le encargo la misión de adentrarse en la mezquita para acceder a la capilla desde el interior y asegurarse luego de que los vigilantes nocturnos no puedan entrar en ella. Yo, entretanto, colocaré los explosivos desde el helicóptero y, una vez efectuada la explosión, descenderé hasta la urna y ataré la custodia al aparato. Los devastadores efectos de la explosión, que desarticularán todo el sistema interior de cámaras de vídeo, pueden servirnos de amparo para robar de paso los restantes tesoros catedralicios, que se encuentran en torno a la custodia, peor protegidos. Esta labor también se la confiaré, plenamente segura del acierto de mi elección, al señor Aurelio, puesto que ahora no lo mueve ninguna intención crematística. La guinda del hurto será la fuga, que nos dejará, junto al placer de la adrenalina, cierto poso de culpabilidad que si todo va bien no aflorará en nosotros hasta mañana. Sepan que afrontamos, pues, un destino incierto, y que es posible que este robo transforme para siempre nuestras vidas. Consuélense pensando en la coerción a la que los someto: para ustedes no hay alternativa posible. Y a estas alturas para mí tampoco, pues he hecho de esta causa mi razón de vida.

Se hace un silencio que anula pronto Eulalio:

—Pero… ¿Y yo? ¿Qué papel tengo en todo esto?

—¿Usted? —pregunta la mujer, cayendo enseguida en la cuenta de que aún no ha introducido al filósofo en su plan.

—Sí, ¿acaso yo no tengo derecho a mi fragmento de destino incierto?

—No seré yo quien se lo niegue… —dice mientras hace tiempo—. Entrará usted en la mezquita a la vez que Aurelio. Y una vez en el interior tañerá una cítara con el objetivo de atraer la atención de los vigilantes nocturnos, pues por algo dicen que la música es la más embelesadora de las artes.

Eulalio se queda callado, dudando entre si la labor que le encarga Leonarda es baladí o, por el contrario, es crucial su carácter.

—Hasta que tenga lugar la explosión —prosigue Leonarda, percatada de las dudas del filósofo—, su papel será fundamental, puesto que de usted dependerá alejar a los vigilantes lo máximo posible de la capilla. Nos hará ganar tiempo.

—¿Tendré que atraerlos entonces?

—Claro.

—¿Como el flautista de Hamelín?

—No lo había pensado pero sí, como el flautista de Hamelín.

—Pero eso supondrá un riesgo.

—Mucho menor que el que correremos los demás. Cuando los vigilantes escuchen la explosión, un viejo con cítara será para ellos cosa más nimia que un escorpión en el canalillo de Monica Bellucci.

—Pues yo no apostaría porque los vigilantes se inmutasen, porque si no nos han echado ya el guante, con el ruidazo del helicóptero…

—Es que las viejas puertas de la mezquita son como lonchas de plomo, Gabriel. Y ahora, vamos a lo que importa: quiero que todos sincronicen sus relojes con el mío. Yo tengo las doce y veintisiete.

—Disculpe, pero sería más lógico ajustarlo con el mío, que es atómico —apunta ceremonioso el señor Ruz, que viendo la indiferencia de los demás, añade—: Me lo regaló Obama para que mi padre impulsara la última reforma laboral.

Después de un breve silencio, todos se levantan a un tiempo de la mesa, hacen corrillo y sincronizan sus relojes con el del político. Luego se atavían con ropas negras y arneses. Cuando se disponen a abandonar el zulo, reparan en Eulalio, que se rezaga al fondo del habitáculo:

—Pero, ¿y mi cítara? —pregunta a Leonarda con un tímido hilo de voz—, ¿dónde está mi cítara?

Cuarto

La plácida noche es musicalmente adornada por el fino canto de los grillos. Cuando quiebra la paz el bronco ruido de un trozo de empedrado que se abate, surgen de la tierra cuatro individuos vestidos de negro (pasamontañas, gorros, botas altas) que cruzan con sigilo el Patio de los Naranjos.

—¡Suerte y al toro! —exclama una voz femenina.

Leonarda echa a correr entonces junto a Gabriel en dirección al helicóptero, mientras que Aurelio y Eulalio, cubiertos sus acalorados rostros con los pasamontañas, corren sin resuello hasta la puerta de Las Palmas, entrada principal del templo. Al filósofo le hace gracia que a su jefe le asome del ojo el delator pincel astillado, pero decide no decirle nada no vaya a ser que no se tome a bien la chanza. Cuando llegan a la puerta, Aurelio, siguiendo las instrucciones de Leonarda, introduce por la cerrada cerradura el sacacorchos de la navaja suiza que le ha dado. «La guardia suiza no era tonta, y camuflaba los objetos de guerra bajo la sencilla apariencia de los instrumentos más cotidianos», le había dicho al ver su escepticismo ante aquella común ganzúa en espiral. Con el instrumento en la mano, describe agresivos círculos concéntricos contra la cerradura. En ese momento las hélices del helicóptero levantan un airecillo que poco a poco se huracana.

—¿No sería más conveniente derribar la puerta con algún explosivo?

—¡Shhhh! Calle usted, que no nos escuchen los vigilantes.

—Sí, claro. Bonito sería que ahora las tapias reaccionaran a los susurros.

Aurelio hace oídos sordos a las palabras de Eulalio, y finalmente, fruto de la paciencia y el tesón, la milenaria cerradura acaba cediendo y los dos hombres entran en la mezquita-catedral mientras el helicóptero despega con Leonarda y Gabriel a bordo. Una vez dentro del templo, ambos aguardan a que la vista se les acostumbre a la penumbra imperante. De todos modos, se ven pronto obligados a encender las linternas porque a la luna llena la tapan las nubes y además no hay ventanas que iluminen las naves centrales. Cosa que enfoca la bombilla, cosa que es digna de ver para el par de madrileños; por eso se entretienen más de lo que debieran y se muestran proclives a adoptar roles turistas. Sus voces son como susurros en una biblioteca.

—Este es un enclave de ensueño, ¿verdad, Eulalio?

—Lo es, sí señor. Así que no lo mire usted mucho, no vaya a ser que lo paralice el síndrome de Stendhal. Si eso ahora echamos unos centimillos a una pila bautismal y volvemos de aquí a unos meses con las parientas.

Aurelio asiente y Eulalio echa mano a la mochila en la que Leonarda le ha metido un instrumento de viento que supliera a la cítara, que finalmente no ha aparecido por ninguna parte.

—¿Voy tocando este chisme entonces? —dice Eulalio mostrándole a Aurelio una especie de huevo de cerámica con agujeros.

—Ocarina. Leonarda ha dicho que eso se llama ocarina.

—Pues ocarina. Este chisme es cosa de mujeres, ¿no? De ninfas parece. ¿Lo toco ya entonces?

—No. Espere que me separe unos metros, que si no se me echan encima los vigilantes a mí también.

—Aguardaré, descuide. Pero corra. Y buena suerte, don Aurelio. Ah, y no se vaya a olvidar de abrirme la puerta de la capilla cuando la aporree después de despistar a estos hombres.

—Pierda cuidado: uno nunca se olvida de los amigos.

Antes de que a Eulalio le dé tiempo a agradecerle a su antiguo jefe su magnanimidad, Aurelio echa a correr con la moderada soltura que le permite su pantalón de pinza, y desaparece entre las sombras después de apagar la linterna para pasar más desapercibido. Eulalio, inmerso en la soledad y negrura del templo, se lleva la ocarina a la boca y empieza a soplar tapando y destapando agujeros de forma cadenciosa para dar la sensación de que sabe tocarla. Al cabo concluye la aleatoria melodía y aguarda un rato en silencio, pero en el templo sigue sin oírse un ruido. Vuelve a tocar de nuevo, aunque cuando cesa tampoco ve ni escucha nada. Entonces piensa que una bandurria habría sido más efectiva, y se acuerda de sus años en la tuna de Filosofía y Letras, cuando encandilaba a las muchachas rasgando las doce cuerdas al compás de los «Clavelitos». En ese instante piensa en la posibilidad de que su torrente de voz, inmaculado a pesar de la edad, pueda despertar a los vigilantes si acaso están dormidos, proeza que a todas luces no va a lograr con los afeminados sonidos élficos de aquel artilugio. Carraspea entonces un par de veces y entona con gravedad:

—«Mociiita dame un claveel, dame el clavel de tu bocaa…».

Mientras tanto, Aurelio corre silencioso y casi a ciegas por un bosque de columnas y arcos de herradura. En su acelerado trote, al principio lo consuela el melódico sonido de la ocarina, pero lo alarma luego la aguardentosa voz de tuno de su empleado, ahora sincero amigo. Al llegar a la puerta de la capilla que guarda la custodia, se detiene un instante para sosegarse el pulso. Luego desenfunda de nuevo la lucrativa navaja helvética, cuyo socorrido sacacorchos proyecta una heroica sombra contra la pared. Por desgracia, las dimensiones extremas de este nuevo orificio de cerradura hacen que las puertas se traguen el portentoso artilugio, que crea un cándido tintín al caer contra el pavimento del interior de la capilla.

—«Dos gardenias para ti, con ellas quiero decir: te quieero, te adooro, mi viida…».

Aurelio empieza entonces a sudar y a desesperarse porque no sabe de qué otra manera abrir la puerta y porque no escucha alejarse la atronadora voz de Eulalio, lo que puede suponer que los vigilantes no hayan ido a su encuentro, reclamados por el señuelo musical. El filósofo, entretanto, aguarda en una esquina hecho un flan, cantando empecinado mientras clava, infructíferas, unas pupilas muy dilatadas en todos los flancos posibles.

—«... porque existe otro querereer».

Mientras, más arriba, sobrevolando arcos y techumbres, surca el cielo una valiente ambulancia aérea. Leonarda, melena al viento, piernas ingrávidas, cabalga a horcajadas sobre una de las patas del artefacto mientras estudia en qué punto resultará más demoledor el explosivo con el que planea volar la cúpula de la capilla. Su tronco está cruzado por las cuerdas y hebillas de un recio arnés que la mantiene atada al helicóptero por medio de una gruesa soga. Escucha la voz de Gabriel por un aparato que lleva acoplado a su oreja:

—Jefa, tú dirás en qué momento quieres que te baje. Ahí atrás hay una polea estupenda que está prácticamente sin usar. Cambio.

La mujer le habla a través de un sofisticado micro que le cruza la mejilla:

—Paciencia, Gabriel. Cambio y corto.

Gabriel, obediente, continúa trazando elegantes círculos en torno a la cúpula que desde las alturas examina con atención Leonarda.

—¡Ahora! —exclama de pronto su voz en los auriculares del piloto, que da un respingo y tarda en reaccionar—. ¡Suelta cuerda, hombre!

Leonarda se alza entonces sobre la pata del helicóptero y, cuando ve que Gabriel ha empezado a darle cuerda, salta al vacío de cabeza en un gesto no exento de elegancia que enseguida frena en seco la propia cuerda, pues Gabriel la suelta con extremada prudencia. Cuando al pausado ritmo de la soga, la mujer toca con la suela de sus manoletinas el techo de la cúpula, le habla de nuevo al piloto:

—Ya estoy aquí. A partir de ahora sé generoso dándome cuerda, no vaya a ser que me arrastres contigo en una de tus vueltas. Cambio.

—Te la voy a dar ya toda, que luego la necesitarás para el descenso. Cambio.

—¡Nooo! ¡Por Dios, qué mendrugo! ¡El descenso viene después de volar la cúpula! En cuanto coloque los explosivos, acelera el aparato al tiempo que recoges cuerda, que como me dejes aquí reviento con toda esta piedra. Cambio y corto.

Entonces la mujer echa mano a la mochila en su espalda, de la que saca siete níveas piezas de explosivo Goma-2. Describiendo un círculo rápido en torno al techo de la cúpula, va colocando con celeridad y astucia las distintas piezas de explosivo a distancia media entre base y clave. Al acabar se siente orgullosa y confiada. Cuando da una voz, el piloto la asciende a la vez que galopa con el aparato en dirección al río.

Al mismo tiempo, en el interior y algunos metros más abajo, los dos vigilantes de seguridad salen de la sala de la conserjería, donde estaban viendo en un portátil una película de acción con sendos auriculares puestos. Mientras cogen las porras y las linternas, escuchan de fondo una voz rota que los sobresalta y los hace adentrarse corriendo en las oscuras naves del templo. Aurelio, alerta como felino, siente pasos que se acercan y toma la espontánea decisión de quitarse todas las prendas que cubren su cuerpo a excepción del pasamontañas. Así, chaqueta, camisa, pantalón y calzoncillos caen yertos sobre el marmóreo suelo. Inmediatamente el hombre se pega a la puerta de madera decidiendo aprovecharse del perfecto camuflaje que le brinda el bronceado color madera de la máquina de rayos uva que tiene en casa. Los vigilantes pasan a su lado como una exhalación sin reparar en su presencia, atraídos por la varonil voz de Eulalio:

—«Si vas a Calatayuud, pregunta por la Doloreees, que es una chica muy guapaa y dispuesta a hacer favoreees…».

Este echa a correr cuando ve venir al par de vigilantes, pero enseguida se ve en apuros porque descubre que sus zapatos castellanos resbalan sobre el pulido suelo. Los operarios enseguida le dan caza, pero él finge estar tranquilo cuando le llevan las manos a la espalda y presionan su mejilla contra la frialdad de una columna. Un haz de luz le contrae la pupila hasta que solo ve manchitas blancas.

—¡Identifíquese! —le grita el más corpulento de ellos mientras lo encandila con una linterna.

Eulalio lamenta no tener pensado un nombre falso.

—Antonio Rabadán —improvisa—. Exmiembro del sindicato de música de Bratislava. Para servirles a ustedes.

Los dos vigilantes, atónitos, abren sus ojos.

—¿Y qué hace usted aquí a estas horas? —dice de nuevo el más fuerte.

—Pues cantar, ¿no me han oído?

—¿Cantar? —dice el otro, algo más enclenque—. ¿Ha venido usted aquí a estas horas a cantar?

—Por supuesto. Me gusta cantar a los ángeles y arcángeles, a los serafines, a los querubines, a los santos y a toda la jarca celestial, incluyendo, desde luego, al montón de ancianos del Apocalipsis. También canto a Dios, que dicen que aquí está por duplicado porque es padre de Jesucristo y Mahoma a un tiempo. Yo vengo de lejos y esas cosas me cuesta trabajillo entenderlas, ¿saben ustedes? Mi país entró hace tres días en la Comunidad Económica Europea, y para nosotros las cuestiones monetarias están antes que las metafísicas. La verdad es que allí de donde yo vengo no hay tanta complicación.

—¡¿De donde usted viene, dice?! ¡Usted acaba de salir del manicomio! —exclama el más fornido.

—¡No, de veras!

—¿Está usted seguro? ¡Enséñeme su carné de identidad!

—¿El qué?

—¡Que se identifique usted!

—¿Otra vez? Antonio Rabadán. Exmiembro del sindicato de…

—Es preciso arrestarlo —le dice el enjuto al fuerte con determinación.

—¿Arrestarme? ¡Pero ustedes no tienen potestad para eso! ¡Ni que fueran policías!

—Desde que a primeros de enero entró en vigor la nueva Ley de Protección Ciudadana, sí que podemos. Le debemos el adelanto al actual Gobierno.

Eulalio lamenta para sus adentros esa ley, que él mismo creó para el gabinete asesor del padre de Aurelio buscando abonarle el terreno a la seguridad privada. Sobra decir que él siempre se creyó a salvo de arbitrarias detenciones como esta.

—No me van a creer, pero esa norma la ideé yo. Y ahora les doy permiso para rebelarse.

—Pepe —dice el vigilante corpulento al endeble, girando un poco la cara hacia él—, que no se nos olvide incluir la megalomanía como agravante en su expediente policial.

Eulalio se revuelve inútilmente.

—Por favor... Escúchenme un minuto, pareja, que quiero contarles una historia.

—Paco, yo creo que deberíamos llamar ya a la policía.

—¿A la policía? Eso puede esperar, Pepe... ¿No ves lo bien que lo estamos pasando con este prenda? A ver qué patochada nos cuenta ahora. Te escuchamos, abuelo, te escuchamos.

—Gracias, hombre. Además de la música, son dos mis grandes pasiones. Por un lado, adoro los libros, y, por el otro, me entusiasman las nuevas tecnologías. Por eso tengo en casa una habitación llena de ordenadores y otra llena de libros. Mi última proeza fue colocar a las puertas de la habitación primera doce cactos para que no se escaparan las radiaciones, y a las puertas de la segunda doce polillas para que no se escaparan los libros. Pues, ¿qué creen ustedes que ocurrió? Finalmente, las polillas royeron los cactos, y las radiaciones, desaforadas y a falta de un manjar mejor, acabaron comiéndose los libros.

Los vigilantes, boquiabiertos, se miran en silencio el uno al otro y luego miran de nuevo a Aurelio.

—¿¡Qué!? ¡No me miren así! Evidentemente esto no me pasó de verdad. Es un relato alegórico.

—¿En serio? ¿Y qué significa? —pregunta el más delgado.

—Pues es bien sencillo. Que en todo plan que se trace siempre hay un factor equis que no se contempla y que puede dar al traste con todas las certezas.

Mientras tanto, Aurelio, en pelotas como cuando llegó al mundo, tantea de nuevo la cerradura de la puerta, que resulta ser tan antigua y holgada, que el brazo le entra por ella hasta la axila. Tienta luego el suelo de la capilla hasta que palpa el suave lomo de la navaja suiza que se le cayó antes. Esta vez explora uno de los laterales del ojo de la puerta con la ganzúa salomónica del sacacorchos, hasta que logra accionar con ella el cerrojo. Empuja la puerta pero las hojas no ceden. Tal y como ya había sospechado Leonarda, la puerta ha sido previsoramente cerrada desde dentro. Con mucho ingenio y metiendo de nuevo la totalidad del brazo derecho a través del ojo de la cerradura, Aurelio logra quitar la tranca que cruza la puerta por el otro lado. El estrépito del hierro al caer al suelo tras la madera es contundente porque la maciza barra pesa varios kilos. Sin embargo, ninguno de los vigilantes se alerta porque más pesada que el hierro es la cantidad de boberías que Eulalio les está contando. Una vez que sabe expedita la entrada, Aurelio, por su seguridad, permanece unos instantes fuera de la capilla, confiado aún en la eficacia de su camuflaje corporal. Al mismo tiempo, Leonarda y Gabriel se alejan de la cúpula montados en el helicóptero. El piloto mira de reojo a la mujer, que está despeinada por el viento y el riesgo, y piensa que es guapa a pesar de la edad y también piensa que tal vez su homosexualidad sea relativa.

—Gabri, pásame el *walkie*.

El camillero sale rápido de sus reflexiones y le da el aparato a su suegra.

—Don Aurelio, ¿está ya en la capilla? Cambio.

—¡Ni se me ocurriría! Al menos hasta que le vuele usted el techo por los aires. Pero la cerradura ya está forzada. Cambio.

—¡Qué eficiente! Ahora aléjese un trecho y tápese bien los oídos. Cambio y corto.

Cuando llegan a la otra orilla del río, Leonarda, la cara desencajada y sudorosa, el corazón al galope, el índice tembloroso contra el botón, pulsa el detonador de los explosivos.

Los dos ocupantes del helicóptero ven los cascotes y el polvo de la cúpula bastante antes de escuchar el estruendo que sacude la ciudad entera. Los tímpanos de ambos, al filo de la ruptura, se resquebrajan y emiten sendos pitidos continuados. Bandadas de garcillas bueyeras despertadas pululan con torpeza, incierto el rumbo, en busca de cobijo nuevo y distante.

Dentro del templo, los vigilantes, que escuchan divertidos las perogrulladas del prolijo Eulalio, agachan las cabezas al oír la explosión, y tras vencer costosamente el desconcierto, echan a correr en dirección a la capilla mientras Eulalio desiste de frenarlos aún —no se le ocurre ningún dislate que pueda superar a una explosión— y corre tras ellos a una distancia prudente que le permita pensar en una estrategia inmediata.

Mientras tanto, Aurelio, que ha confiado en el parapeto de las arcaicas puertas y no se ha movido demasiado, penetra desnudo en la capilla cerrando las pesadas hojas tras sus pasos y atravesando sobre ellas de nuevo la sólida tranca por si el viejo Eulalio no cumple bien con su parte del plan. Tras contemplar someramente la fastuosa custodia y echar luego un vistazo al boquete que ha dejado la explosión, por el que se ve la luna cruzada de algunas nubes y varias bandadas de sobresaltadas aves, lo sobrecoge, al bajar la vista, la reprobatoria mirada de un San Francisco de Asís policromado que lo mira con fijeza desde un rincón. Se lleva el *walkie* a la boca.

—El hueco para bajar es suficiente, Leonarda. Yo ya estoy dentro. ¿Viene usted? Cambio.

En ese instante el estruendo del helicóptero anula el silencio que sigue a la explosión. Aurelio decide no perder más tiempo: saca de su mochila un saco como el de Papá Noel y empieza a dar codazos a los cristales de las vitrinas que rodean la custodia, que en su día quedaron fuera del presupuesto de blindaje. Cálices, sagrarios, relicarios, candelabros. Oro macizo, plata de ley. Aurelio se sabe impoluto en sus intenciones, pero al ver a su alcance tanto metal precioso se siente como Frodo con el anillo y pronto olvida la reprobatoria mirada del de Asís. Con las manos temblorosas por la adrenalina y el terror, mete con decisión los brazos entre los peligrosos cantos de las urnas rotas y no se corta de milagro. De esta forma va robando objeto tras objeto y los va metiendo todos en su navideño hatillo. Lo paralizan unos golpes secos contra la puerta, a los que sigue una voz desconocida que grita:

—¿¡Qué está pasando ahí dentro!?

Pero al instante identifica el peculiar timbre de Eulalio:

—¡Ahí no ha sido! ¡Vengan, vengan! ¡Es en el altar mayor! ¡Está todo hecho ciscos! ¡Islamistas radicales, seguro!

Gabriel, esmerándose en suspender el helicóptero justo encima del reciente agujero, acciona una palanca que precipita a Leonarda en dirección a la urna de la custodia. La mujer, valerosa, intrépida, brava, se desliza cuerda de nailon abajo hasta posar sus manoletinas sobre el techo de la urna. Con una naturalidad que parece ensayada, abre el mosquetón y se desengancha la cuerda del arnés. A continuación saca de su mochila una sierra de calar con la que arremete contra las barrocas volutas de madera que coronan el techo, y luego contra la superficie de caoba que envuelve la urna. Cuando queda al aire la tapa de cristal emplomado, la mujer la acaricia victoriosa mientras tira de ella metiendo los dedos por dos oportunos agujeritos. Como no sabe qué hacer con el trozo de cristal, se lo entrega a Aurelio, que ya casi ha terminado de expoliar incluso las capillas anejas. Después saca de la mochila un envase familiar de polvos de talco y, en cuclillas sobre el filo de la urna, rocía el interior del cubículo hasta que la custodia parece nevada. Cuando vislumbra el entramado de rayos, Leonarda desciende por el interior del cubo biselado adhiriéndose a una de sus paredes con unas ventosas especiales para hurtos finos. La mujer se contorsiona y desliza de tal manera que logra esquivar los cambiantes itinerarios del láser. Primero de puntillas y luego posando por completo las suelas de los zapatos, deposita un espejo estratégico en una esquina de la base, y el sistema de láseres se confunde y proyecta trayectorias imposibles.

Enjaulada ahora sin riesgo junto a la custodia, toma el *walkie* mientras, distraída, le acaricia a la joya sus nevados relieves.

—Dentro, Gabriel. Lánzame el cable de acero. Cambio y corto.

Y enseguida una voluminosa maraña de cable se precipita hacia el suelo, junto a la gran urna, donde cae con un golpe seco. La mujer maldice la falta de luces de su equipo y establece una relación directa entre esta y el sexo de todos los miembros que lo integran. Leonarda llama a Aurelio, pero este, afanado en romper el cristal que protege el último tesoro que se propone saquear, no la oye. La mujer se queda mirándolo un rato mientras este camina autómata de vitrina en vitrina, y por primera vez se da cuenta de que está desnudo. Al acercarse a la última de ellas, se roza el codo con uno de los cristales y se hace una raja que le llega hasta la axila. Entonces el hombre, alarmado, se gira hacia la mujer, y ella, práctica, le dice por señas que le acerque el cable del suelo. Cuando Aurelio se lo lanza al interior de la urna, Leonarda cruza rápido con él el cuerpo de la custodia. El político nota entonces que escucha a la mujer como con sordina, de lo que deduce que ha perdido audición a causa de la bomba. Luego repara en la herida de su brazo, improvisa un torniquete y decide volver a la vitrina con la que se ha cortado para recoger los tesorillos que le restan. Una vez que la expolia, mira a su alrededor, y como la recién estrenada adrenalina que lo invade lo empuja a no estarse quieto, decide llevarse también los crucifijos de la pared y las cortinas de raso de bruñidas borlas de la sacristía. Mientras, Eulalio, en la puerta principal del templo, espera junto a los vigilantes a que llegue la policía. El más fornido de ellos le ha puesto al filósofo unas esposas y ahora este no ve el momento de salir corriendo.

—¿Y de dónde crees entonces que ha venido esa explosión, Paco?

—¿Que de dónde? ¡Yo qué sé! El prenda este dice que del altar mayor, ¿no es?

—Claro que es.

—¿Y por qué no hemos encontrado nada allí?

—¿Y qué esperabas encontrar, Pepe?

—No sé... Cascotes, fuego, caos.

—¡Tú has visto muchas películas, hombre! En España lo único que pasa es que entran locos a las tantas en las catedrales y pare usted de contar. Avisamos a la policía del ruido, les entregamos al viejo y ya está, que para la mierda que nos pagan luego, mucho hemos hecho ya. Si hay que registrar todo esto, que lo hagan ellos, que a mí la zona de las capillas del fondo me da muy mal rollo. Antes de que nos llamara este para decirnos que fuéramos al altar, me ha parecido oír algo en la de la custodia.

—¿En serio? Paco, coño, pues vamos a mirar allí. ¡Lo mismo han volado el techo y están robando los tesoros! —dice el vigilante enjuto mientras comienza a caminar hacia el fondo del templo.

En ese momento, Eulalio, nervioso, intenta agarrar desde atrás al astuto vigilante, pero únicamente le roza el pantalón a la altura de las ingles. De todos modos, su gesto logra detenerlo y capta la atención de Paco.

—¡Anda! Además de loco, maricón. ¡Nos ha salido completito el intruso! —grita—. ¡Pero si eres un viejales!

Eulalio permanece un rato en silencio, pero enseguida se le ocurre cómo entretener a los hombres de nuevo:

—¿Viejales? —y afeminando sutilmente la voz—: Un respeto, oye, que yo en su día fui efebo del fornido Rock Hudson.

Paco mira a Pepe y no logra reprimir una carcajada que reverbera entre las columnas. Pepe acaba contagiándose y se olvida en el acto de su peregrina idea de que alguien pudiera estar robando dentro a cielo abierto.

Leonarda corona la custodia con una abrazadera metálica por la que pasa el último tramo de cable y, perlada la frente de un sudor denso y salado, se pega el *walkie* a los labios y deja en el micro un churrete de carmín color fogoso.

—Lista, Gabri. Corto y cambio.

El piloto activa la polea y la custodia se levanta del suelo de la urna. Leonarda, astuta, se engancha al tesoro con manos raudas. El cable asciende hasta llegar casi al techo, y entonces la mujer repara en que se olvida de Aurelio. Vuelve a hablarle al *walkie:*

—¡Para, Gabriel, para, que nos dejamos atrás a don Aurelio y sus tesorillos! Cambio y corto.

La mujer aguanta estoica el abrupto descenso, durante el que se clava en la ingle uno de los salientes de la custodia. Esta, al caer al suelo, rompe varias losetas de mármol, y Leonarda acaba precipitándose hacia el pavimento, pero como es una mujer muy atlética, rueda con elegancia e incluso parece caerse queriendo. Aurelio sigue en sus trece y, con el saco a reventar, continúa expoliando milímetro a milímetro las salas anexas, levantando incluso el mármol del suelo con la uña. De pronto el hombre siente cómo una mano enguantada se posa en su hombro. Se gira agresivo y temeroso, con el ojo del pincel inyectado en sangre.

—Vamos, don Aurelio. Sea usted fuerte. Deje ya de meter ahí la uña, que las losetas pesan mucho y, para lo que valen, luego no nos merecen la pena. Con lo que ha echado en la bolsa es ya suficiente, hombre. Además, viéndole así me da la impresión de que trata usted de robar por razones personales… ¿Qué ha sido de sus propósitos altruistas?

Aurelio asiente en silencio y baja la cabeza.

—Lleva usted razón, Leonarda. No sé qué me ha pasado… Me he visto preso de una euforia que no había sentido jamás. Ahora entiendo a los chorizos… Robar lo ajeno, y más cuando la cosa va de quitárselo a los ricos para dárselo a los pobres, crea una adicción curiosa. Tanta adrenalina lo enajena a uno. Fíjese que ni siento la herida que me he hecho, y eso que me parece que me he desgarrado medio brazo. ¡Qué bien sienta esto!

—Yo no se lo discuto, pero ya es hora de irse, que la policía estará al llegar y no queremos que todo esto tenga un mal desenlace. ¡Que aún nos queda mucha aventura por delante!

—¡Toda la que usted quiera! Hete aquí a un fiel servidor.

—El mejor que cabría esperar. ¡No sabe usted cuánto lo admiro!

—¿En serio?

Leonarda echa a andar hasta el centro de la capilla, donde se encuentra tumbada la custodia. Aurelio la sigue arrobado, emocionado por la posibilidad de iniciar un romance con aquella mujer de bandera.

—¿Qué hace aquí abajo la custodia? —pregunta sorprendido.

—Es que me iba sin usted... Y he tenido que decirle a Gabriel que me bajara de nuevo. Oiga, una duda, ¿por qué está en pelotas?

Aurelio se sobresalta y se lleva las manos a sus atributos porque de pronto teme que la mujer le note sus lascivas intenciones.

—Por razones de camuflaje —contesta nervioso—. Gracias a este disfraz los vigilantes pasaron de largo por la capilla.

—Pues la verdad es que yo no habría pasado de largo, porque está usted muy morenito y muy sexy...

Aurelio, nervioso, no sabe qué decir y se limita a recoger su ropa, que estaba hecha una bola en un rincón, y ponérsela. Caliente y rojísimo, su brazo palpita como un avispero en verano.

—Ea. Encarámese, que nos vamos.

Aurelio asiente dócil, cuelga el saco de los tesoros de una de las volutas de la custodia y se sube a ella con dificultad. En cambio, Leonarda, ya familiarizada con estas lides, se monta atlética en el amasijo de oro y plata.

—Asciéndenos ya, Gabriel. Cambio y corto —susurra al *walkie*.

—¡Un momento! —exclama Aurelio—. ¡Eulalio!

Gabriel empieza a ascenderlos.

—¡Nooo! —se desgañita el político—. ¡Que falta Eulalio!

Leonarda lo mira impertérrita; sus labios, fruncidos, más rojos y pulposos que nunca, son como una chuche que de pronto a Aurelio le apetece morder.

—Eulalio se queda.

Las palabras de la mujer le rompen el hechizo a Aurelio.

—¿Qué? ¿Y eso por qué? ¡No era ese el plan!

—El plan que era no podía decirse. Eulalio continúa distrayendo a los vigilantes, hecho vital para el desarrollo satisfactorio de esta misión. Además, no hay nada más cansino que volar con un filósofo.

—¿Habla en serio?

—Completamente.

—Es usted cruel como la muerte. Eulalio es mi maestro. ¡Voy a por él!

El político no ha acabado de decir la última frase cuando salta de la custodia, que ya pende a unos pocos metros del suelo, no sin antes llevarse consigo el saco de los tesorillos, que intuye que será el reclamo para que la mujer baje a por ambos. Sin dudar ni un instante, se acerca a la puerta principal, descruza la tranca y la abre de par en par. Leonarda, atada al suelo por el saco y porque en el fondo sigue admirando a Aurelio a pesar de que no parece ser ya tan de derechas, vuelve a ordenarle a Gabriel que aborte el ascenso y que la baje.

—¿Pero qué está pasando? ¿A qué viene tanto trajín? Cambio.

—A que Aurelio es un sentimental y ha ido a por Eulalio. Cambio y corto.

Aurelio deja el pesado saco lejos de los ojos y la codicia de Leonarda, y deambula con sigilo por el templo. Cuando escucha un susurro que procede del otro extremo, se aproxima al filósofo y a los vigilantes zigzagueando entre columnas. Se sorprende al verlos sentados en corro en el suelo.

—Jugar al juego de la botella es bueno para socializarse.

—Pero explícanos primero eso de «verdad o atrevimiento». ¿Besos valen?

—Como queráis.

—¡Pero eso es una mariconada! Tú no nos estarás llevando a tu terreno, ¿verdad?

—No. Solamente he propuesto este juego mientras llega la policía.

—Por cierto, lo que tarda, ¿no?

—Pues llámalos otra vez, ¿no, Paco?

—¿Yo? ¿Con lo que me pagan? ¡Van listos!

Aurelio se admira mucho de la capacidad de su maestro para llevar las circunstancias a su terreno. Aunque por un momento había pensado que las cosas estaban a punto de complicarse por su actuación, ahora se convence de que su asesor de siempre y nuevo amigo es el mejor tesoro que hay allí, y que precisamente por eso no puede dejarlo atrás.

—¡Eulalio! —grita dejándose llevar por la emoción que siente.

Y el filósofo, sorprendido, alza la vista con ilusión.

—¡Jefe! —exclama al escuchar la voz del político tras una columna.

—¡Venga! ¡Corra, corra mucho! ¡Y deprisa, que la custodia es nuestra! —grita Aurelio, cuidándose de permanecer oculto a los ojos de los vigilantes.

—¡Dichosas sus palabras!

Eulalio se pone entonces en pie de un salto y estrecha ceremonioso las manos a Paco y Pepe.

—Sintiéndolo mucho, os tengo que dejar porque mi jefe me dice que ya tenemos la custodia. Un placer, ¿eh?

—¡El placer es nuestro! —responden ellos al unísono.

Al principio Eulalio, pura mesura, se retira despacioso como el que camina por un campo de minas, pero después da rienda suelta a la tensión acumulada y huye de los vigilantes en una carrera pavorosa. Pronto los dos hombres y el saco entran en la capilla, que cierran a cal y a canto por si resulta que, a pesar de lo que pueda parecer, los vigilantes acaban haciendo lo que se espera de ellos.

—Muy buenas, jefa. Bonita custodia, sí señor. ¿Es la nuestra?

Leonarda mira al filósofo con una hostil cara bovina que este decide ignorar. Después de subirse a la custodia, insta a los hombres a que hagan lo propio mientras da una vez más la consabida orden al piloto.

—Sube, Gabriel. Cambio.

—¿Seguro? Cambio y corto.

En pocos segundos, el valioso objeto se eleva del suelo con los tres neófitos ladrones encaramados a su superficie.

Eulalio siente entonces un cosquilleo estomacal que lo hace temblar de emoción. Doce metros más tarde la custodia es envuelta por la madrugada misteriosa y, poco después, el helicóptero comienza a desplazarse, pero ellos aún distan varios metros de la panza del artefacto. Leonarda se mosquea y se lleva de nuevo el *walkie* a la boca.

—Gabriel, ¿se puede saber qué narices estás haciendo? ¿Por qué no nos asciendes? Cambio.

—Entiendo tu desazón, pero si miras hacia atrás entenderás el motivo de mi precipitada huida. Cambio y corto.

La mujer gira la cabeza y en el acto le deslumbra los ojos un potente cañón de blanquecina luz. En ese mismo instante, una atronadora voz metálica se filtra entre el ruido del helicóptero.

—¡DETÉNGANSE, LADRONES! ¡LES SIGUE LA POLICÍA NACIONAL! ¡ARRIBA LAS MANOS!

—¿Se imaginan ustedes que les hiciéramos caso? —dice con voz temblorosa Aurelio.

A Eulalio le tiemblan ahora las piernas porque piensa en la posibilidad de verse ultrajado y preso hasta su muerte, pero, al sentirse un nuevo Sócrates, se agarra con manos y uñas a la custodia a pesar del vértigo, el viento y la amenaza de la autoridad. Entretanto, Gabriel acelera el helicóptero hasta que los motores ya no pueden más, y al cabo vira ciento ochenta grados rumbo a Sierra Morena. Uno tras otro los dos aparatos ascienden y descienden en busca de un descuido del contrario. Durante varios kilómetros el helicóptero de Emergencias Sanitarias cabalga varias decenas de metros por delante del de la Policía Nacional. Leonarda, con el pelo al viento y una eufórica sonrisa en la cara, intercambia una mirada críptica con Aurelio, que tirita sobre el inmenso tesoro a causa de la noche y la altura.

—¡DETÉNGANSE, LADRONES! ¡LES SIGUE LA POLICÍA NACIONAL! ¡ARRIBA LAS MANOS!

Aurelio y Eulalio cruzan miradas elocuentes: definitivamente, la megafonía es una grabación. Entonces la mujer se agarra con fuerza a la custodia con la mano derecha para poder meter sin peligro la izquierda en su mochila; escarba impaciente hasta que encuentra lo que busca: un nuevo detonador, que presiona con deleite mientras mira hacia la vega del Guadalquivir.

La explosión de antes es de juguete comparada con esta, que vuela por los aires la nave central de la mezquita-catedral. La onda expansiva que se origina incrementa la velocidad del helicóptero de los ladrones, al tiempo que el helicóptero de la Policía Nacional se desequilibra y a punto está de caer.

Cuando se disipa el pitido que sucede a la detonación, el helicóptero sanitario sobrevuela ya la campiña cordobesa. La adrenalina anega todos los cerebros, el silencio habita en todas las bocas y Aurelio aprovecha el momento para hacerse pis encima porque de veras que ya no aguanta más. Bastantes minutos después de la catarsis, Eulalio siente necesidad de aclarar algunas dudas:

—Leonarda, ¿es usted consciente de que ha partido en dos un monumento declarado Patrimonio de la Humanidad?

—Esos explosivos llevaban allí puestos varios meses. Créame que he tenido tiempo para pensarlo. Al fin le he extirpado la Catedral a la bella Mezquita.

—¿Pero usted no era fiel votante del PMC? ¿Acaso no es una mujer de bien, decente y católica?

—Sin duda. Pero odio el eclecticismo artístico. Y digo yo que una cosa no anula la otra.

—Y puestos a ser papistas, ¿por qué no ha destrozado la parte árabe?

—Porque catedrales hay muchas por aquí, ¿no creen? Y yo antes que cristiana soy una profusa amante de lo exótico.

Vuelve a hacerse un silencio entre los tres. Dada la situación de proximidad en que se encuentran, asidos todos a la custodia como a una gruesa columna, la falta de palabras se hace incómoda a pesar de que el silencio total no es posible a causa del viento y el motor del artefacto que vuela varios metros por encima de ellos.

—De todos modos, no se preocupen, que hoy en día hay restauradores muy buenos que lo inventarán todo de nuevo, incluso la custodia. Lo crucial de nuestro gesto es la reivindicación.

Justo en este mismo instante, por lo extremo de las circunstancias compartidas y por el grado de confianza al que de manera aceleradísima han llegado, deciden todos en silencio dejar de hablarse de usted.

Quinto

La noche boscosa huele a húmeda oscuridad, a búho y a adelfa. A Leonarda, Eulalio y Aurelio, pasamontañas puestos, brazos agarrotados, cervicales compactas, les da la sensación de que Gabriel, empeñado en consumar una huida infinita, se ha olvidado de subirlos hasta el helicóptero. Así, los tres, encaramados aún a la custodia, penden de un cable de acero a varios metros del artefacto. Con el relente de la madrugada, el oro y la plata se enfrían y las palmas de las manos se adhieren a su superficie como las lenguas calientes a los cubitos de hielo. La batería del *walkie* de Leonarda se agotó por completo hace rato, y por eso ahora flotan los tres en el aire abandonados a su suerte. Una vez descartadas otras alternativas más sutiles, la mujer carraspea y grita con voz desgarradora:

—¡GABRIEEEEL!

El piloto percibe entonces un leve y difuso susurro y asoma enseguida la cabeza por la ventanilla.

—¡DIME! ¿Y EL *WALKIE?*

—¡ROTO! ¡SÚBENOS, QUE HACE FRÍO!

—¡YA LO INTENTO, PERO TAMBIÉN SE HA ROTO LA PALANQUITA DE LA POLEA DE TANTO USARLA!

—¡¿QUÉEEE?!

Imperceptibles instantes después, Gabriel se queda con la palanca en la mano. En ese momento siente caer sobre su espalda, como un aluvión, toda la responsabilidad de los acontecimientos: el robo, el delicado pilotaje, la huida. De pronto se sabe torpe y vulnerable, y un sentimiento de ansiedad lo paraliza. Necesita salir del helicóptero. Fulminantemente. Decide entonces poner el piloto automático mientras busca algún paracaídas. El pecho le sube y le baja en fuertes espasmos que no logran desembocar en llanto.

Más abajo, trascurridos varios minutos más sin que Gabriel los ascienda, Leonarda capitanea una intrépida iniciativa de escalada cable arriba. Aurelio se ve obligado a subir con el saco de los tesorillos a la espalda, pero se siente motivado en su ascenso porque lleva encima el sinuoso trasero de la mujer, que ella contonea con gracia al trepar. A Eulalio, en cambio, le cuesta más subir por el cordón de acero porque tiene vértigo y las posaderas de su jefe no son tan voluptuosas. Cuando Leonarda está a punto de tocar la chapa del aparato, el piloto abre desde dentro la portezuela, y al verla tan cerca da un respingo.

—Pero… ¿Qué haces tú aquí?

—¿¡Que qué hago!? ¿Y tú? ¿No has intentado subirnos?

—¿Yo? Si ya os he dicho que no podía... De hecho, acababa de abrir la portezuela para tirarme. Me siento impotente ya ante tanto infortunio.

—¡Qué tonterías dices, Gabri! Si te bajas tú, ¿quién pilota este cacharro?

Cuando acaba de decir esto, la mujer empuja a un lado al piloto y todos van entrando al interior del helicóptero. Entonces repara Leonarda en que Gabriel lleva una voluminosa mochila a la espalda.

—Ah, que además ibas a tirarte en paracaídas, gastando provisiones.

—¡Pues claro! ¡No iba a suicidarme!

Basta con que la mujer lo fulmine con una elocuente mirada para que el piloto baje la cabeza, desista de lanzarse al vacío y asuma de nuevo el pilotaje. Eulalio, al verse a salvo dentro del helicóptero, enervado por los cuarenta minutos de frío glacial sobre la custodia y porque ve que el camillero se achanta y allí nadie planta cara a aquella mujer déspota, grita:

—¡Ya está bien de tanto torearnos!, ¿no te parece?

Leonarda se gira sorprendida hacia quien la increpa, pero el filósofo no está dispuesto a darle tiempo a pertrecharse.

—Sí... —continúa, reafirmándose a cada palabra—. Nos tienes a tu merced desde el momento en que apareciste tras el mitin del PMC... Y yo por lo menos no quiero seguir adelante. Tengo frío, hambre y sueño. Soy un anciano y además, como diría el sabio Kant, un individuo moral mayor de edad, libre en mis decisiones, consecuente con las consecuencias que se deriven de ellas. ¡Dueño de mi propia vida, demonches! —y elevando más la voz, haciéndola más chillona—: ¡Yo no soy un monigote!

Leonarda lo mira boquiabierta. El aire que entra por la portezuela, aún entornada, le alborota los pelos cuando se quita el pasamontañas. Entonces la mortecina luz del helicóptero altera sus rasgos haciéndolos demoníacos. Aurelio mira fijamente a Eulalio negando con la cabeza, intentando frenar sus inapropiadas palabras.

—¡Qué! —continúa el filósofo, creciéndose por segundos en el silencio de ella—. ¿Me vas a encañonar de nuevo con tu pistola? ¿O a amenazar quizá con tu navaja de chulaza del Bronx? ¡Venga! ¿Tú sabes cómo nos tratas?, ¿sabes qué parecemos?

Leonarda no contesta, pero la curiosidad que la asalta por saber le vuelve de pronto el rostro más humano.

—¡Ninfas de mosca! ¡Ninfas! Cuando era pequeño, mi padre me llevaba a pescar truchas... A las truchas les encantan las moscas, ¿sabes? Pero más aún las moscas púberes, las adolescentes. Son un bocado más delicado. Están en una fase... accidental. Son más inaccesibles, tal vez más suculentas. Por eso las truchas las codician tanto. ¿Y sabes lo que hacen los pescadores? Construyen ninfas, ninfas falsas. Con plumas de faisán, de pavo. Vistosas como las reinas del carnaval. Y les ponen unas relucientes cabezas... cabezas de latón. Así son livianas, buenas para las aguas bravas de los ríos. Y las truchas, ilusas, bribonas..., las muerden igual. Y no saben que esa es su perdición. Que esa pequeña mentira las llevará a la muerte.

A estas palabras les sigue un silencio durante el que el filósofo pretende que los presentes asimilen el contenido de sus palabras.

—¿Y qué tratas de decirme con eso? —es lo que acierta a preguntar Leonarda al rato.

—¿Que qué trato de decirte? Pues es muy simple: ¡que nos has pertrechado como a sintéticos cebos para echarnos luego a las truchas!

Se hace en el estrecho habitáculo un nuevo silencio que todos destinan a acabar de digerir la alegoría del filósofo. Leonarda extiende poco a poco los labios en una tenue sonrisa y se aproxima despaciosa hacia Eulalio, que de pronto palidece.

—Y digo yo una cosa, Eulalio… ¿Por qué no te tiras al vacío y me ahorras el mal trago? Incluso puedes negociar con Gabri lo del paracaídas.

—¡¿Qué?! —exclama desconcertado Aurelio—. Pero, ¿qué estás diciendo? No hablas en serio.

La mujer se gira resuelta hacia el político.

—¿Que no? ¡Claro que hablo en serio! Este hombre no nos está dando más que problemas. Te dije que debíamos haberlo dejado en la Mezquita.

—¡¿Qué?! —exclama ahora Eulalio.

—Sí, amigo. Volvimos porque yo así lo quise. Leonarda no estaba dispuesta a socorrerte.

Con la revelación de Aurelio, el filósofo corrobora su tesis.

—¡Lo sabía! ¿Veis? Esta mujer planea deshacerse de nosotros paulatinamente. Primero de mí, luego de…

—No, con deshacerme de ti me basta.

Entonces Leonarda anda los tres pasos que la separan de Eulalio. Al hombre le da tiempo a sentir por un instante su calma respiración contra las mejillas, justo antes de notar la mano de ella contra el pecho, la portezuela del helicóptero en la espalda y luego ya su cuerpo precipitándose contra el vacío de la noche, hacia el bosque húmedo.

—Sois testigos de que ha sido él quien me ha provocado —se excusa la mujer mientras cierra la puerta que da al vacío.

Las palabras de Leonarda caen sobre los agarrotados hombros de Gabriel y Aurelio como cubas de agua del Ártico. Instantes después, en la silente tensión del reducido espacio, el remordimiento de la mujer aparece y se expande pronto abarcando el helicóptero entero.

—Deberíamos bajar a por él —se atreve a decir Gabriel, pilotando inmutable, sin dejar de mirar al frente—. Aunque sea para recoger su cadáver. Su esposa tiene derecho a enterrar el cuerpo.

—Era viudo —dice con un hilo de voz Aurelio, que se ha sentado en el rincón de los paracaídas—. Aunque una vez me dijo que vivía con una colombiana.

—Gabri, tú limítate a pilotar.

El camillero respira hondo varias veces hasta que nota que no puede más; entonces vuelve a conectar el piloto automático, se desabrocha el cinturón y se levanta para encararse con su suegra.

—Tú no quieres que yo pilote este trasto; lo que tú quieres es un piloto desalmado. Ea, pues ahí lo tienes —le dice señalando el asiento vacío—, dócil como un borrego.

Ahora, no le pidas que improvise, que vire el rumbo, que aterrice cuando ya no quede queroseno en el tanque.

Cuando acaba de hablar, da tres pasos, se cruza con Leonarda y se dirige a los paracaídas. Aurelio, paralizado por el miedo a ser el siguiente en caer, tarda en apartarse para que pase Gabriel.

—Déjame que coja uno, amigo… Yo ya me bajo de este tren.

Aurelio se retira un poco y Leonarda carga su pistola para que el metálico sonido amedrente al camillero. Este, sin embargo, es firme en su determinación y eso hace que el político también se crezca.

—Yo también me bajo de aquí si no volvemos en busca de Eulalio —dice elevando la voz, que de pronto le suena tan engolada como en los mítines del PMC.

Leonarda suspira y guarda la pistola porque los dos hombres, afanados en buscar un paracaídas para Aurelio, ni tan siquiera la están mirando. Decide optar entonces por la persuasión dialéctica:

—Esto no es una democracia —dice; y esta vez los hombres sí dejan de buscar y se giran—. ¿Cómo iba a ser una democracia? —continúa Leonarda, justificándose—. Si aquí no mando yo, ¿qué tipo de misión sería esta? ¿Una sin rumbo, o peor, de rumbo cambiante? En el ejército no existe la democracia.

—Es que esto no es el ejército —apunta Gabriel mientras reanuda su búsqueda.

—Pero es una misión. Y estáis bajo mis órdenes.

—Leonarda, reconócelo: nada de esto es serio, es todo pura improvisación —dice tímido Aurelio.

—El jazz también y la gente paga por escucharlo —se le ocurre argumentar, a la desesperada.

—Entonces yo ahora improviso tirándome —dice resuelto Gabriel con el paracaídas ya abrochado a la espalda y aproximándose a la portezuela—. Ya me he cansado de esta falta de partituras.

—¡No! —exclama Leonarda, viendo que su yerno habla en serio—. Vale. Tranquilidad, hombre, tranquilidad, por el amor de Dios. ¿Qué quieres? —y girándose también hacia Aurelio—. ¿Qué queréis? ¿Que bajemos a por Eulalio? ¡Pues bajamos! ¡Ya está! ¡Mi orgullo en un pozo!

Gabriel detiene su gesto de abrir la portezuela en el último instante y a Aurelio se le ilumina la cara. El piloto suelta de nuevo el macuto y regresa a la cabina lanzándole a Leonarda una mirada furibunda. Cuando toma los mandos del aparato lo hace virar ciento ochenta grados y lo acelera durante varios kilómetros.

—Sois idiotas —dice la mujer, mientras, mohína, toma asiento y mira distraída por la ventana.

—Y tú eres mala. Pero mala, mala. Una pésima pécora —masculla Aurelio, rebelde sin tapujos a causa de la euforia que siente.

Cuando Gabriel divisa a lo lejos el bosque donde Leonarda arrojó al filósofo, dirige el helicóptero hacia un calvero en donde poder aterrizar. A la diluida luz de la luna, el espacio despejado entre la maleza refulge con una claridad metálica.

Mientras el helicóptero disminuye en altura, el ojo atento de Aurelio busca entre la maleza un poro negruzco que los invite a tomar tierra con más atino. De pronto el político atisba un zapato entre las ramas de un arbusto. Cuando los faros del aparato alumbran hacia donde Aurelio indica, todos ven que el zapato se prolonga en una pierna y la pierna en un torso que queda parcialmente velado a causa de la frondosidad y sus sombras. La custodia golpea fuerte el suelo instantes antes de que el helicóptero se pose con delicadeza sobre la tierra. Detenidas las aspas, todos los ojos de a bordo se vuelcan sobre lo que parece ser el cuerpo inerte de Eulalio. Se para el motor, se hace el silencio. Ninguno de los ocupantes se atreve a moverse.

—Era buen hombre, el pobre —dice Gabriel.

—Mira que trabajó para mi familia desde siempre, y yo no he sabido ver lo que valía hasta hace un rato. Qué perra es la vida.

—Bicho malo no muere nunca. ¿Por qué no bajáis primero a ver? No vaya a ser que os estéis precipitando con vuestra elegía.

—Yo no soy capaz —se lamenta Aurelio, suavizada la euforia, de pronto desmoronado sobre su asiento—. Siempre he sido muy débil para afrontar la fatalidad.

El camillero toma entonces la iniciativa y se quita el cinturón que le cruza el pecho, coge la lamparilla de gas que tiene bajo su asiento y al pasar junto a Aurelio, por quien empieza a sentir una contradictoria simpatía, repara en que tiene un brazo ensangrentado.

—¿Y eso? —le pregunta, enfocándolo con la luz.

Aurelio se mira impasible el brazo porque la adrenalina y el frío le han estado velando el corte que se hizo durante el robo.

—¡Madre mía! ¡Es verdad! ¡La herida! Me la hice robando tesorillos como un loco. Improvisé este torniquete.

Mientras lo reprende por su peligrosa iniciativa, que le podría haber acarreado una gangrena, Gabriel se detiene a desinfectarle la herida con material que saca del maletín de marras. Le recomienda reposo.

—No, si yo ahora no pensaba salir.

Al acabar, Gabriel se baja del helicóptero llevándose consigo el maletín por si las moscas. Cuando llega junto al cuerpo de Eulalio, se arrodilla y posa sus dedos en la yugular en busca de algún latido que confirme la vida. Para su sorpresa, lo descubre, aunque tan tenue que le recuerda al murmullo del agua en una gruta. Entonces le abofetea la cara con mano firme. Eulalio se mueve sutilmente; sus ojos son dos globos cerúleos que poco a poco van abriéndose en dos asiáticas líneas.

—Entiérrame en Montmartre —susurra—. A lo bohemio.

—Para enterrarse hay que estar muerto, amigo. Y en ti aún late la vida. Qué alegría. ¿No te duele la caída?

—¿La caída? Ya decía yo… Debo de llevar inconsciente un rato.

—¿Recuerdas tu nombre?

—Sí.

—¿Y tus apellidos?

—También.

—¿El número de tu carné de identidad?

—Ese no me lo he sabido nunca.

—Yo creo que estás bien. Voy a por una camilla y te llevo al helicóptero.

—¿Al helicóptero? ¡Ay! Creo que ya me acuerdo… ¿Sigue a bordo esa mujer?

—Sí, allí sigue… Como la anémona en su agujero.

—Entonces déjame aquí. ¿Por qué habéis tenido que bajar a por mí? Leonarda es Satanás.

—Ya intentaremos deshacernos de ella. Confía en mí. Voy a por esa camilla.

—¡No! No le daré el gusto a esa zorra de verme quebrado. Puedo ir por mi propio pie.

—No deberías. Espera que te ayude, no vaya a ser que tengas alguna fractura interna.

—Que no, que estoy bien, que por suerte he caído sobre estas mullidas adelfas… Adelfas son, ¿no?

—Yo no lo sé. De noche todos los gatos son pardos.

—Pues entonces son adelfas. Así lo voy yo a contar. Mira por dónde, las plantas que mataron a los soldados de Napoleón me salvan a mí la vida.

Además de por la amortiguada caída, Eulalio se siente cansado por los achaques de la edad, que nota agravados. Aun así se apoya en el brazo que le tiende Gabriel y se levanta sin demasiado esfuerzo. Camina torpe durante los primeros pasos entre la maleza.

—¿Dices que Leonarda está en el helicóptero? —pregunta frunciendo atentos los ojos en dirección al aparato—. Dentro de la cabina está oscuro y no veo. Arroja luz sobre mis manos —añade sin esperar respuesta.

El camillero le acerca la lámpara y el rostro del filósofo queda iluminado desde abajo, lo que le confiere un pavoroso aspecto. En ese instante, Leonarda, derrotada sobre el sillón del helicóptero, mira por la ventanilla y se sobresalta al ver en la lejanía una composición que le recuerda a las de Caravaggio. Con la luz de la lámpara derramada sobre su regazo, jugando con los claroscuros del conjunto, Eulalio eleva el dedo corazón en dirección a la mujer con el convencimiento a ciegas de que ella lo está viendo y sabrá darse por aludida. Leonarda se sorprende al ver indemne al filósofo, que le hace un gesto obsceno, y por un instante piensa que se trata de un fantasma.

—Subamos ya al helicóptero, que aquí afuera hay alimañas predadoras —propone nervioso el camillero cuando ve para qué quería Eulalio la luz.

—Ahí dentro también las hay —apunta sarcástico el filósofo señalando el artefacto.

—Cierto, amigo —le dice Gabriel en un susurro—. Pero entre pasar la noche a la intemperie y subir a bordo con una energúmena, hemos de preferir lo segundo si queremos seguir con vida.

—¿En serio? Mírame. Acabo de ser arrojado desde las alturas.

—¡Pero estás vivo! Además, esa mujer nos necesita.

—¿¡Que nos necesita!? ¡Será a vosotros! Por eso no os tira del helicóptero.

—Lo que tienes que hacer es ser más dócil.

—¿¡Más dócil!? ¿¡Más dócil yo!? ¡Soy filósofo! ¡Mi trabajo es pensar!

—Pues tómate unas vacaciones. Inventa un subterfugio: haz como si ella te hubiera convencido y chotéate en silencio de su intransigencia. Ahora no es tiempo de ideologías, es la hora de la supervivencia.

Eulalio reflexiona un rato y después echa a andar dubitativo. Gabriel lo sigue con la lamparita. Al rato, Eulalio se detiene y se gira hacia el camillero:

—Oye, ¿y Aurelio?

—Te espera dentro.

—¿Dentro? ¿Y por qué no ha salido él también a buscarme?

—No podía soportar verte cadáver. Además va ligero de ropa. Debió de dejarse el cárdigan en la Mezquita. Ah, y tiene un brazo quebrado.

—¡Pues vaya amigo está hecho! Desde luego, ni pinceles ni brochas ni puñales. A ese no lo cambian ni quince hecatombes. Yo ya me he cansado de que no me quieran, y entre la falta de cariño y la manera tan tonta de utilizarnos que tiene esa mujer, ya he decidido que me voy por mi cuenta. Lo siento, Gabriel, no es nada personal, pero ahora me parece más segura la opción de la intemperie.

Entonces Eulalio se da la vuelta y comienza a caminar de nuevo hacia la maleza con la cabeza gacha y el lomo abultado. Es tan grande la pena que le suscita a Gabriel ver alejarse con paso torpe la escuálida figura del filósofo, que extiende poéticamente el brazo en su dirección y luego echa a andar tras él. Leonarda, viendo peligrar demasiado su misión, sale del helicóptero como una exhalación.

—¿¡Dónde crees que vas tú!? —grita—. Si el viejo quiere irse, que se vaya, pero tú te quedas. Sin piloto no hacemos nada, y os recuerdo que tenemos una misión que cumplir. Pensad que no se trata ya de vosotros, sino de la Humanidad. Querámoslo o no, a estas alturas somos adalides de una causa, y eso no puede obviarse.

Eulalio, sin darse tiempo a caer una vez más en la trampa dialéctica de Leonarda, decide echar a correr bosque adentro, y en un instante y de forma impulsiva, Gabriel toma la determinación de correr tras él. Aurelio, que presencia la escena desde el interior del helicóptero, apoya la sien izquierda sobre el frío cristal de la ventanilla, y entre taciturno, somnoliento y calentito, entorna el ojo bueno y suspira.

Sexto

En cuanto comprende que no van a regresar *motu proprio* ni en cien vidas, Leonarda echa a correr tras los prófugos, que en su huida han apagado la linterna para pasar más desapercibidos. Como cabía esperar, después de unos metros vuelve a sacar su pistola y dispara al aire para amedrentarlos. Todos los tímpanos se resienten y las venas se ensanchan y se acaudalan con la prolongada carrera. A Eulalio los años se le convierten en severos lastres que prácticamente lo anclan al suelo cuando se parapeta en cuclillas junto a Gabriel con una zarzamora del camino. Leonarda se detiene a reponer el cargador y el silencio vuelve a hacer oscura la noche. El cuchicheo de los dos hombres junto a la zarza es imperceptible incluso a una cuarta de distancia.

—Esta mujer es incombustible —dice sin resuello Eulalio.

—Ya te digo. Y eso que tú no la has tenido como suegra. Yo acabé dejando a su hijo por su culpa.

—¿¡A su hijo!? Ah, ¿que tú eres marica?

Gabriel se arrebola y asiente como pillado en un delito.

—¡No pasa nada, muchacho! Si yo soy muy tolerante para mi edad... Gajes de mi profesión.

—Ya se ve, ya.

Ambos hombres agudizan sus tímpanos en busca del sonido de una ramita quebrándose o la grava siendo pisada con sigilo.

—Suerte que tu suegra no es norteamericana, si no habría tirado a matar.

—Tiene raigambre italiana, de ahí tanto aspaviento.

—¡Shhhhh!

Al otro lado de la zarzamora se escuchan pasos que tratan de pasar inadvertidos al compás de una respiración convulsa. Gabriel y Eulalio empapan sendas camisas y desean amordazarse hasta el desbocado fuelle de sus pulmones.

—Vamos a morir... Me lo estoy viendo.

—¡Shhhhh!

En este instante los pasos se alejan y rodean la zarza con descaro. Luego resuenan sobre la tierra al ritmo de algo pesado que se arrastra. El corazón de los desertores va al compás de los pistones del Titanic evitando el iceberg. Entonces una luz estridente los encandila como un latigazo vergonzante y acusador. Cuando las pupilas se acaban adaptando a la abrupta claridad, la persona que los encañona con la linterna acaba concretándose en la figura de un lampiño militar.

—Buenas noches, señores —los saluda afable—. ¿Qué hacen ahí los dos, en cuclillas, al amparo de esta verdura? ¿Interrumpo algún idilio?

—¡No! —exclama enseguida Gabriel para no incomodar al tolerante anciano; y bajando de nuevo la voz—: Huimos de una mujer malvada.

—¿En serio?

Las pupilas de Eulalio se contraen lo necesario para facilitarle a su memoria la información que necesita.

—¡Yo a ti te conozco! —exclama enseguida.

—Pues yo a usted no.

—Sí, hombre. Tú eras uno de los militares aquellos… ¡«Los Furias rojos»!

—No fastidie que estaba usted en el mitin.

—¡Tú eras el comunista converso!

—¡El mismo! Menudo teatrillo, ¿eh?

—¿Te ha gustado? Lo ideé yo. Incluso el nombre. Pensé que era bueno un poco de contrapunto izquierdoso. Y la idea de la conversión es axial en la derecha. ¿Pero qué haces disfrazado aún de militar?

—De disfraz nada. En el mitin hicimos la pantomima, pero militares somos los tres de pura cepa. Nos llamaron para que al auditorio no le cupiera lugar a dudas. Y salió bien la cosa, porque no vea qué caretos ponía la gente.

—¿De veras sois los tres militares? —dice contrariado el filósofo—. Mira que yo especifiqué en el guion que debían ser civiles disfrazados…

El militar se encoge de hombros y gira la cabeza hacia Gabriel.

—Hola, qué tal —dice este, sintiéndose aludido por la acogedora mirada del militar—. Yo soy Gabriel Paniagua, camillero de profesión y piloto ocasional de helicópteros de Emergencias Sanitarias. Si nos ayudas a llegar a la capital, mejor, porque la mujer que nos persigue va armada y es muy agresiva. Créeme, que fue mi suegra.

—Seguidme entonces, pues me conozco este trozo de sierra como la palma de mi mano. Estos matorrales son mi segundo hogar.

—¿De veras lo dices? —susurra el camillero mientras ayuda a Eulalio a desentumecer las piernas antes de salir corriendo tras el militar.

—Y tan de veras… No lo sabéis porque es de noche y sois forasteros, pero ahora mismo os encontráis en la base militar Guzmán el Bueno. Y por si no entendéis de galones, yo soy el cabo primero Antonio Romero, para serviros. Y ahora estoy de imaginaria perimetral. Seguidme ya, ¿no?

Cuando el militar echa a andar, ambos hombres reparan en que el peculiar sonido que emite el cabo al caminar lo produce una lata de espárragos trigueros atada con una guita a su tobillo.

—Suerte que vienen ahora conmigo —dice el soldado, como habiendo leído el pensamiento de ambos—, porque con este sonsonete les espanto a las culebras. ¿Saben?, por aquí las hay a montones; por eso hacemos la guardia con esta lata a cuestas.

En ese momento, a no mucha distancia, se escucha a Leonarda tronar de nuevo:

—¡Como os pille, os crujo!

Los tres hombres dan un respingo y, sincronizados, echan a correr esquivando matorrales.

—A mí esa es la única víbora que me aterra —dice Eulalio con la voz entrecortada por el esfuerzo.

—Sí que se ve que es mujer de armas tomar —dice convencido el militar.

Una nueva serie de disparos concatenados sacude el cielo iluminándolo con un fantasmagórico resplandor. El camillero apoya la sentencia del militar:

—Nunca mejor dicho. Está como una chota.

—¡No me habíais dicho que iba armada!

Huyen sin aliento los tres hombres adentrándose en un bosque de coníferas. Los exhibicionistas tiros al aire y los insultos que profiere la iracunda mujer permiten a los prófugos calcular *grosso modo* la distancia a la que los sigue.

—Si atrochamos por aquí, llegaremos pronto al cortafuegos, que es el camino más directo hacia el valle. Ya veréis. Es la autopista agreste de Sierra Morena —dice el militar en plena carrera con la voz apenas entrecortada debido a su espectacular forma física.

—Cuidado, que esa mujer es llama viva y ni veinte cortafuegos la frenan —apunta sofocado el filósofo.

—¡Por Dios, qué bien hablas! ¡Eres un poeta!

Cuando llevan un rato bosque a través, dejan de escuchar los disparos e insultos de Leonarda y reparan en el escándalo que origina la lata que cuelga del tobillo del militar.

—¡Un momento! —exclama el viejo, y los otros dos hombres se detienen y se giran hacia él—. Descansemos un rato. Y tú, amigo, quítate esa lata, que es sonorísima.

—No puedo, mantiene a raya a las alimañas.

—No a todas, a las tarascas, las atrae. Quítatela.

—¿Pero en el ejército no usabais ya chismes de micro-frecuencias? —pregunta mal informado Gabriel.

—Eso era antes. Ahora, con la crisis, hemos vuelto al cordel y la lata.

—Me da lo mismo. Quítate eso, haz el favor.

Los tres hombres, ahora más silenciosos, continúan la carrera hasta llegar a lo alto de la colina, a la boca misma del ansiado cortafuegos, pero cuando alcanzan la cumbre y la linterna del militar arroja luz sobre el diáfano camino de tierra, todos los ojos se tropiezan con la figura de Leonarda, que se yergue en mitad del camino con los brazos en jarras. Su pecho asciende y desciende al compás de una respiración serena que contrasta con las agitadas respiraciones de los tres hombres. Sus penumbrosos trazos femeninos causan un efecto hipnótico en el militar, que por un momento se olvida de seguir respirando.

—Ho... Hola —dice con repentina galanura.

—No la saludes, que es quien-tú-ya-sabes —responde defraudado y sin resuello Eulalio.

—¿La tarasca?

—¿¡La tarasca!? —repite indignada Leonarda.

—Llevamos la custodia y el bicho —se crece Eulalio—. Solo nos falta vestirnos de marineritos y ya tenemos montado el desfile completo.

—¿¡La custodia dices!? ¿¡Vosotros sois los que habéis volado por los aires la Catedral!? ¡Eso no me lo habíais dicho! —exclama indignado el militar—. Al parecer se ha liado una buena en la ciudad... De esta base han salido varios contingentes. Todo apuntaba a un ataque islamista. Yo me he librado porque esta noche me tocaba la ronda. ¡¿Entonces vosotros habéis sido los artífices?!

—No sabemos de qué nos habla —se adelanta Leonarda—. Ni qué insinúa. Nosotros acompañamos a don Aurelio Ruz de vuelta a Madrid. Somos parte de su séquito.

Se hace un silencio que ni Gabriel ni Eulalio se atreven a romper por miedo al arma que la mujer balancea en la mano a modo de tácita amenaza.

—¿Entonces, por qué huyen de usted estos dos hombres?

—Supongo que porque soy un poco dominante.

—¡Un poco! —exclama Gabriel, y la mujer lo fulmina con la mirada.

—A lo mejor es porque lleva usted un arma y va por ahí dando tiros al aire —apunta sarcástico el militar, pero a medida que va aproximándose al final de la frase, cambia el tono y añade con leve lascivia—... como una vaquerita loca.

Se hace un incómodo silencio y Leonarda se relaja y sonríe.

—Perdone, pero... ¿Usted quién es?

Atropelladamente, el militar suelta con desdén su fusil sobre la hierba y camina hacia Leonarda quitándose de un seco tirón su gorra verde. Al llegar junto a ella se genuflexiona y le toma la mano izquierda en un rápido gesto.

—Antonio Romero, cabo primero. Para servirla. Encantado de conocerla. Es usted perfecta.

—¡Levántese y déjese ya de bobadas! —le espeta Leonarda fingiendo que no ha sucumbido al encanto de la caballerosidad del militar. El cabo Romero se levanta azorado—. ¿Y vosotros de qué os conocéis? —le dice en seguida Leonarda a su yerno.

—Yo conozco a este señor desde hace un rato, cuando nos vio detrás de un matorral. Pero por lo visto Eulalio lo conocía de antes.

—Sí, de esta tarde, de cuando el mitin. Como llegaste tarde, no lo viste. Pero él era parte del atrezo. Hacía de militar comunista.

—¿¡De comunista!?

—Fue solo un papel. Pero todo se echó a perder por un espontáneo del público.

—¿El que le pinchó el pincel a don Aurelio?

—El mismo. A mí me quedó la barba a medio cortar, y al llegar aquí tuve que repasármela.

—El mundo es un pañuelo entonces. Bueno, qué —dice la mujer balanceando sutilmente de nuevo la pistola—. ¿Nos volvemos al helicóptero?

Los dos hombres asienten cabizbajos. Eulalio piensa por un momento en la posibilidad de echar a correr camino abajo y que sea lo que Dios quiera, pero siente que las piernas le flaquean y que los pulmones no van a jalearle otra carrera.

—Venga entonces, muchachos. Andando, que es gerundio. Y ya hablaremos en el helicóptero… —añade la mujer con tono amenazante.

La cara de Gabriel se ilumina cuando se le ocurre una idea.

—¿Y si nos acompaña el cabo Romero? —pregunta mientras mira al militar con rostro anhelante, sabiendo que puede venir bien un apoyo armado en el grupo y que Leonarda se esforzará en guardar las apariencias ante un recién conocido tan dispuesto a tratarla como a una reina.

—Eh… Yo… Eh…

—No, que es comunista.

—No, señora. Ya le he dicho que fue todo una burda pantomima.

—De burda nada, que el guion es mío.

—¿Entonces puede venir?

La mujer asiente al camillero de mala gana y todos echan a andar de vuelta al helicóptero. El cabo se detiene un instante a reflexionar sobre las consecuencias de acompañarlos.

—Me declararán desertor.

—De ahora en adelante tendrás que cambiarte la identidad, como todos nosotros —se le escapa a Gabriel.

—¿¡Como todos vosotros!? ¿¡Por qué!?

La mujer, rápida, astutísima, se aproxima a él y le acaricia la punta del fusil.

—¿Cuánto cobras en el ejército? —le pregunta a bocajarro.

—Eh… Pues…

—Don Aurelio te pagará más. Serás su escolta personal —concluye Leonarda, de pronto consciente del peligro de permitir que el militar vuelva a su regimiento y cuente con quién se ha topado.

—¡Un momento! —exclama Gabriel—. Si él viene, cabremos a menos en el reparto final.

—Cierto… —sopesa Leonarda—. ¿Qué puedes aportar como compensación al grupo? ¿Cuál es tu dote?

—¿Qué? —pregunta el militar, que hace rato que no entiende nada.

—De camino al helicóptero te contaremos toda la verdad. Pero ahora tienes que responderme: ¿qué puedes robar de este enclave castrense?

El cabo Romero piensa unos instantes.

—Por robar… ¡Cualquier cosa! Yo dirijo la intendencia. A pocos metros de aquí hay un arsenal. No sé… ¿Qué queréis? Voláis en helicóptero, ¿no? ¿Queroseno, tal vez?

—Queroseno sería estupendo —le susurra en la oreja Leonarda, y entonces él se siente muy convencido de irse con aquel grupo de sospechosos, porque de pronto ya no es capaz de concebir la vida lejos de aquella mujer.

—Pues barriles de queroseno entonces. ¿Cuántos?

—Todos los que podamos acarrear.

Eulalio duda ahora de lo acertado de su decisión de haber invitado a bordo al militar, porque Leonarda ha visto enseguida en él un filón para pertrecharse y hacerse más poderosa. Resignado, decide aproximarse a ella para limar asperezas.

—Leonarda… —empieza.

—Qué —dice ella, áspera pero en el fondo contenta con la decisión del filósofo, a quien empieza a perdonar que haya sobrevivido a la caída y que haya huido después arrastrando con él a su yerno.

—Quiero hablar contigo de buena manera.

—¿Y esperas que me disculpe por haberte tirado del helicóptero? Te advierto que soy muy orgullosa.

—A veces es preciso renunciar a ser algunas cosas. Tu actitud puede echar por tierra esta misión.

—¿«Esta misión», dices? ¿Qué misión? ¿Y desde cuándo te importa?

La sucesión de preguntas retóricas deja al filósofo sin argumentos. Se ve obligado a rescatar la resignación del lote de valores que le dieron los jesuitas para no abalanzarse hacia la mujer y partirle la cara.

—No lo sé, Leonarda. Pero eres una persona un poco difícil.

—¿Difícil?, ¿yo? Disculpa, pero sois los reflexivos quienes siempre dais problemas.

Eulalio respira hondo dos veces, pero no consigue calmarse y siente de nuevo la adrenalina sacudiéndole las sienes.

—Claro. ¡Sois mejores los energúmenos!

Leonarda entonces se detiene y levanta hacia Eulalio el cañón de la pistola. El hombre nota que ya no siente miedo.

—Dispárame ya, zorra. ¡Venga!

Gabriel llega a tiempo de interponerse entre ambos.

—Déjalo ya, Eulalio, que si en las alturas fue capaz de tirarte desde el helicóptero, ahora lo mismo abre una brecha en el suelo y te manda al núcleo interno.

—¿Lo tiraste desde el helicóptero? —pregunta atónito el cabo a Leonarda.

—No, hombre —dice ella, poniéndole una amistosa mano sobre el hombro—. Es solo una manera de hablar.

Tras una prolongada caminata en incómodo silencio, llegan al arsenal, al que bajan los tres hombres.

—¿Qué hay allí abajo? —responde cómoda Leonarda desde la superficie.

—Puf. De todo un poco.

—Pues cógete también una recortada, un par de subfusiles y un lanzagranadas.

Después de un silencio, contesta Romero:

—¿¡Qué!?

Los tres hombres caminan cargados de armamento y barriles de queroseno mientras Leonarda los encañona con su pistola desde la retaguardia. El militar comienza a estar convencido de que este es el grupo que ha atentado contra la Mezquita-Catedral, y su firme sospecha se confirma cuando llegan al helicóptero y a sus pies ve tumbada la descomunal custodia. A través del vaho que cubre los cristales del artefacto, Eulalio vislumbra a Aurelio durmiendo a pierna suelta arropado con una mantita.

—Id subiendo al helicóptero en fila india y de uno en uno que yo os vea. Voy a hacer un pis rápido. No os vayáis sin mí.

La mujer corre hacia uno de los matorrales más cercanos al calvero. Mientras, los hombres van subiendo al aparato con los barriles de queroseno y la munición a cuestas. Cuando están todos dentro, susurra Eulalio:

—Huyamos. Corred. Ahora o nunca.

—Pero sin ella… ¿Qué haremos? —apunta Aurelio recién despierto, retrepándose con torpeza en el sillón; enseguida repara en Eulalio y sonríe sincero—. ¡Hombre, Eulalio, si estás vivo! Ni el ave fénix. Pensé que no iba a verte más. ¿Cómo andas?

Eulalio no sabe cómo disimular la hostilidad que siente en este instante hacia aquel hombre.

—Más incómodo que tú, seguro. Ya veo lo que te ha importado mi caída. Desde luego no te ha impedido dormirte a pierna suelta. Suerte que estoy acartonado. Ya ves que la muerte me clava la guadaña en la grupa y rebota. Ten cuidado, no vaya a ser que a ti no te pase lo mismo.

—Amigo Eulalio, no te lo tomes a mal. Es por el pincel, que me tiene abotagado. Quiéreme como antes, te lo ruego —entonces repara en el militar—: ¿Y este señor quién es?

Romero se acerca ceremonioso y saluda a Aurelio con efusión y quitándose la gorra.

—¿No se acuerda usted de mí? ¡Me recortó la barba hace unas horas!

Aurelio arruga la nariz y el ojo bueno para hacer memoria.

—¡Dejémonos de presentaciones y démonos prisa! ¿Acaso soy el único que quiere huir de esa mujer a toda costa?

El militar da un respingo.

—¡No! Yo me he enrolado con vosotros por ella. Si ella no viene mi decisión no tiene ningún sentido.

—¡Pues bájate ya de aquí entonces! Si te das prisa, la pillarás detrás de aquellas matas en cuclillas. ¡Corre, ve! Y así de paso nos la entretienes. ¡Gabriel, ponte al mando y vayámonos de aquí echando chispas!

Gabriel pulsa enseguida el motor de arranque y pronto las aspas empiezan a girar con una potencia que va *in crescendo*. La mujer, al oír el ruido, sale de entre las hierbas, se abrocha con agilidad el pantalón y corre hasta el helicóptero, al que la ayuda a subir un risueño cabo Romero. Las patas metálicas ya están elevándose de la tierra cuando sus pies tocan el suelo del aparato.

—¡Huy, Leonarda, por poco! —exclama el militar mientras la acompaña hasta uno de los asientos.

—No estaríais intentando iros sin mí, ¿verdad?

—No, no, ni mucho menos —contestan casi al unísono Gabriel, Aurelio y Romero.

—¿¡Cómo que no!? —protesta Eulalio—. ¡Tened el valor de reconocerlo! ¡Ladinos! ¡Cobardes! ¡Joder, esta mujer es más persistente que el olor a ajitos fritos!

Leonarda castiga a Eulalio con una mirada llena de odio tras la que se abalanza disparatada hacia él, quien la esquiva cambiando de flanco a tiempo. En el último momento, intercede el militar:

—Bella Leonarda, créeme si te digo que, en el fondo de nuestro corazón, ninguno de los que estamos a bordo deseábamos partir sin ti. ¿Qué haríamos con la custodia entonces? Desconocemos tus sesudos planes. Además, nadie nos creería y seríamos encarcelados sin remisión.

Eulalio piensa un poco estas palabras y al cabo baja derrotado la cabeza.

—Lo que dije: ninfas con cabeza de latón —susurra en un hilo de voz.

—¿Qué? —pregunta el militar cuando Leonarda, ya más calmada, toma asiento.

El filósofo habla más alto:

—Esta mujer nos ha reconfigurado a su medida. Tengo que asumir que este grupo gravita ya por propia inercia en torno a ella.

Eulalio entonces se levanta, se acerca a Leonarda bajo la mirada atenta de los tres hombres y se arrodilla a su lado:

—«Yo no nací sino para quereros; / mi alma os ha cortado a su medida; / por hábito del alma misma os quiero…».

—¿¡Qué!? —dice Leonarda al rato, sin salir de su asombro.

—Garcilaso. ¿Te lo habían recitado al oído así alguna vez?

—No. ¿Te estás riendo de mí?

Eulalio sonríe irónico:

—¿Tú qué crees?

De ahora en adelante, la mujer decide comportarse como si aquel viejo no hubiera resucitado tras la caída; escenifica el inicio de su nueva tendencia girando el cuello desdeñosa hacia la ventanilla.

Varios minutos después, toda la tripulación duerme a pierna suelta, incluido Gabriel, que ha decidido echar una cabezada tras activar de nuevo el piloto automático. Transcurrida una hora escasa, la mujer es la primera en despertarse. Se acerca con sigilo al antiguo camillero y le toca con suavidad el hombro para que espabile. Ambos hablan en un fino susurro:

—Despierta, muchacho. Hazme caso y regresa al lugar que te corresponde en esta trama. Ahora que todos duermen quisiera hablar contigo acerca de tu traición… —y bajando aún más la voz—: ¿Has dejado de amar a mi hijo?

Gabriel tarda en responder porque está somnoliento.

—No —afirma al rato—. Fue él quien me dejó a mí hará cosa de un mes. Yo sigo bebiendo sus vientos. Por eso acudí tan pronto a tu llamada.

—¿Entonces, por qué me amenazas con lanzarte en paracaídas y luego te fugas con ese loco? ¿No sabes que mi hijo hace siempre lo que yo quiero y que el hecho de que puedas recuperar su afecto depende exclusivamente de mí?

Gabriel baja la cabeza.

—Ya... Pero es que... A veces te comportas como una desalmada —dice, y baja aún más la cabeza, como esperando el golpe.

—Comprende que tengo que mostrarme firme en mi papel. A menudo es necesario hacerse la dura para que las cosas salgan bien. No creas que a mí no me cuesta comportarme como me comporto. Pero si vosotros me vierais dudar, apaga y vámonos. Además, soy mujer en un grupo de hombres. Entiende que yo tengo que demostrar las cosas más a las claras.

El piloto guarda silencio mientras vuelve a asumir, ya más despierto, el control del aparato.

—Un líder debe hacerse respetar. Tú causas pavor.

Leonarda reflexiona un instante.

—Eulalio me ha llamado tarasca.

—Ahí tienes la prueba. ¿Es eso lo que quieres?

Leonarda vuelve a reflexionar un instante.

—No... Sí... No lo sé. Tener poder es abrumador... Creo que me he hecho adicta.

Gabriel la mira de soslayo y pone cara de espanto.

—Pues pobres de nosotros entonces.

Leonarda vuelca la mirada en su regazo en un momentáneo gesto de indefensión con el que en realidad no engaña a nadie.

—Sí… Pobres. No será para tanto —y tras una breve pausa—: ¿dónde estamos?

Gabriel mira el GPS.

—Llegando a Mérida.

Pasados unos minutos, la mujer suspira profundamente y eleva después la voz para despertar con sus palabras a todos los adormecidos pasajeros.

—Señores, acabo de mantener una charla con Gabriel y he decidido confiar más en todos vosotros. Pero quiero pruebas de vuestra eficacia. Os daré más cuerda si me prometéis fidelidad.

—La mía la tiene usted asegurada —contesta enseguida Romero.

—Me refiero a fidelidad… en el desarrollo de esta misión. No podemos dar cabida a confabulaciones. Tenemos un propósito que cumplir. Ya está amaneciendo. —Tras estas palabras todos miran por las ventanillas y ven que sí, que ya está rayando el alba—. Creo que es hora de que conozcáis nuestro rumbo y mis planes. Veréis… Seguiremos viajando hacia el norte para llevar a cabo la fundición de la custodia en los Altos Hornos de Bilbao. Para pasar más desapercibidos, sobrevolaremos la denominada Ruta de la Plata, ya que es una zona escasamente transitada por vehículos aéreos. Para vuestra información, ahora mismo estamos pasando por Mérida, llamada Emérita Augusta en época romana. En otra ocasión más propicia, no dejen de visitar su espléndido Anfiteatro y su Museo de Arte Romano, obra de Rafael Moneo. He programado paradas puntuales a lo largo de nuestro viaje con objeto de repostar combustible, hacer nuestras necesidades o estirar las piernas. Así pues, son lugares de parada obligatoria Zamora, Palencia y Burgos.

—¡Anda, Burgos! —exclama el militar.

—Tierra del Cid Campeador.

—Y del queso fresco. ¿Podremos comprar? Es mi delirio.

—No, que luego se pone malo, apesta y el helicóptero no es mío —apunta Gabriel sin distraerse apenas de la conducción.

—Disculpa, Leonarda —interviene Aurelio—. Te recuerdo que a mí ibas a dejarme en mi casa... Pero no he escuchado el barrio de Salamanca entre las paradas estipuladas.

—Ir al centro de Madrid supondría no pasar inadvertidos.

—¿Y si me dejáis en Cuatro Vientos?

—¡No fastidies, Aure, con lo bien que lo estamos pasando! ¿Vas a abandonar el barco en lo mejor de la fiesta? —dice Eulalio, ácido.

—¡Eso mismo! —exclama en serio el militar.

—¿Y después de los Altos Hornos, qué? —pregunta Gabriel—. ¿Nos repartiremos el botín?

—Por supuesto —afirma orgullosa Leonarda.

—¿El botín?, ¿qué botín? —pregunta intrigado Romero.

—¿¡Que qué botín, dices!? —se extraña Aurelio—. Pero, ¿por qué estás tú aquí?

—¿Yo? —ruborizándose—. Por la señora Leonarda... Que es una mujer única.

—¡Y a Dios gracias! —murmura el filósofo.

—Además de que me prometió que usted me haría escolta a cambio de un sueldazo.

Aurelio sacude incrédulo la cabeza.

—Eso ya lo veremos… De momento, con este pincel en el ojo dudo mucho que pueda continuar boyantemente con mi carrera política. Pero una cosa, Leonarda… ¿No me prometiste que destinaríamos parte del botín a obras caritativas, o esa promesa tampoco vas a cumplirla? Mira que fue lo único que te pedí a cambio de mi ayuda…

—Sí, yo lo recuerdo muy bien —apunta beligerante Eulalio.

—Lleváis razón. Y yo quiero cumplir. Para recuperar vuestra confianza me comprometo esta vez a respetar lo que dije. Habrá, pues, que idear un plan para, una vez pellizcada nuestra parte del dinero, enviar a los pobres la suya. Soy toda oídos. Decidme. Hagamos una lluvia de ideas.

—Cambiemos los lingotes por dinero.

—Hagamos un ingreso anónimo en una cuenta en Suiza.

—¿Pero eso para los pobres o para nosotros?

—Para todos. De disponibilidad indistinta.

—Mejor no.

—Sí, es verdad. Eso mejor no.

—Pero para nosotros sí, ¿no?

—Bueno.

—Una duda: ¿el cabo Romero participará de la partición?

Todos lo miran.

—Como queráis. Pero que conste que yo me he enrolado exclusivamente por doña Leonarda.

—Y por el sueldazo.

—Bueno, pero yo del otro dinero no sabía nada.

—Te damos entonces la voluntad, como a los pobres.

—No hay derecho. Eso no. Si estoy con vosotros, cobro lo mismo.

—Lo mismo no, porque en el robo no has estado, guapo.

—Bueno, eso ya lo hablaremos. No nos desviemos del tema.

—Desde luego. Hablábamos de caridad. Yo tengo ya ansias de ser bueno. ¿Y si gestionamos el donativo a través de una ONG? Ellas se encargan de convertir el dinero en recursos.

—Y en revistas con fotos a todo color para el autobombo.

—Entonces qué.

—El oro es un valor estable.

—Cierto. No se devalúa.

—Y con la crisis económica necesitamos apuestas firmes.

—¿Y qué propones, Aure?

—Arrojar lingotes de oro desde el helicóptero sobre el Cuerno de África.

Todos se miran en silencio. Después de introducir en el ordenador de abordo las coordenadas del nuevo rumbo, Gabriel vuelve a pulsar el botón del piloto automático, se levanta y se pronuncia:

—La verdad es que a mí no me parece una idea tan descabellada. ¿No dicen que a los desfavorecidos hay que darles la caña y no el pez? Así les entregamos riqueza en bruto.

—Cierto —apunta Eulalio—. Además, ¿qué hay más reivindicativo que devolver oro a África después de tanto expolio colonial?

—Cuidado, Lalo, que esa idea ya es más bien anarquista.

—¿Lalo? ¿Qué mariconada de nombre es ese?

—Tú últimamente me llamas Aure, así que pensé que...

Se hace un nuevo silencio. De fondo únicamente se escucha el ruido del motor y las aspas. Leonarda se acaricia nerviosa la barbilla.

—Yo ya no sé si tiene sentido toda esta odisea... O somos unos genios, o unos faranduleros.

—¡Por Dios, Leonarda! Lo segundo —sentencia Eulalio—. Siempre lo segundo.

SÉPTIMO

SURCANDO EL DIÁFANO CIELO AZUL QUE SE LEVANTA en algún lugar entre Cáceres y Plasencia, avanza tras los pasos de unos terroristas islámicos un moderno helicóptero de la Policía Nacional. Soltando de vez en cuando los mandos del aparato, el inspector Chups estrangula la gomaespuma de una pelotita antiestrés. A su lado, el subinspector Carmelo se toma un dónut marrón oscuro relleno de chocolate.

—¡Maldita la hora en que estos planearon hacer fechorías en la víspera del Día de Acción de Gracias! Este mediodía me toca a mí trinchar el pavo en casa de mis suegros y ya ves cómo está el panorama... Cada vez me alejo más de la mesa.

—¿Y por qué celebra usted esa fiesta gringa? Siempre me lo he preguntado, pero nunca me he atrevido a decirle que me intrigaba mucho.

—Pues no tiene demasiado misterio la cosa. Mi madre fue cocinera en casa de una familia de norteamericanos afincados en Benidorm y nos pegó la costumbre de beber leche almorzando y de hacer uso de todas las ocasiones posibles para trinchar pavos.

—A mí me gusta el pavo.

—A mí solo trincharlo. Siempre que toca pavo, me frío huevos y me pelo patatas.

Al tiempo que habla, Chups visiona de vez en cuando la pantalla del radar anexa al cuadro de mandos. Desde hace horas, sobre su superficie aparecen dos puntos verdes navegando por una cuadrícula esquemática; el punto superior dista del inferior una cuarta escasa.

—Este caso es tremendo, Carmelo. Ni hay sospechosos, ni hay refuerzos, ni hay ganas de nada. Como no paren pronto para repostar y podamos así acortar distancias, yo me vuelvo para Córdoba. No cabe duda de que hemos puesto nuestra profesionalidad en tela de juicio. Ayer los teníamos en jaque y se te ocurre usar la megafonía como si estuviéramos en una tómbola de pueblo. Y menos mal que esta madrugada hicieron una paradita, que si no ya me dirás tú a mí cómo íbamos a darles alcance, que parece que vuelan con bombas de nitrógeno. ¿Ves? Otra vez está el dichoso punto verde a punto de salirse de la cuadrícula. Vamos pisando huevos y así no se puede, Carmelo, así no se puede.

—No pierda usted la esperanza, inspector, que entonces yo ya me derrumbo.

—Pues acábate de caer con esto: quiero pedir el traslado a Torrejón de Ardoz.

—¿Y eso? ¿Habla usted en serio?

—¡Y tanto! Córdoba es esperpéntica. Mismamente, repasemos los datos de este caso: se aborta un mitin del

PMC por causas ajenas a la organización, y en el que, según testigos presenciales, don Aurelio Ruz es herido de gravedad en el ojo derecho; un helicóptero de Emergencias Sanitarias llega al enclave del mitin y parte al rato con el herido dentro. No se sabe el paradero de este artefacto, pero uno de similares características es visto en la Mezquita-Catedral minutos antes de que tenga lugar en ella una contundente explosión. Nos dan el aviso y pronto tenemos a tiro el helicóptero de los terroristas, del que cuelga la aparatosa custodia cuyo robo acaba de denunciarnos el cabildo. Sin embargo, no damos alcance a los malos porque tú prefieres avisarlos primero con la megafonía.

—Lo dice el protocolo.

—A veces hay que improvisar. Si me hubieras dejado abrir fuego, no habrían volado el edificio entero. Y desde luego no nos habríamos visto alcanzados por la onda expansiva, que por poco nos mata.

—Qué negativo es usted siempre.

—¡Y tú qué bobo! ¿Cuál es tu tesis? Me interesa oírla... aunque solo sea porque me entretengas.

—¿Mi tesis? Pues que nos enfrentamos a unos integristas islámicos. Es de una lógica aplastante. Desde luego no hay que ser un lumbreras.

—Te escucho.

—Secuestran al señor Ruz, líder del PMC e íntimo amigo del presidente de los Estados Unidos, después de herirlo y hacerse pasar por sanitarios profesionales. Luego, para matar dos pájaros de un tiro, dinamitan la parte cristiana de la Mezquita y roban un elemento sagrado; en realidad, no hay otro más sagrado que pueda robarse. A no ser el sagrario, claro, pero eso no se lo pueden llevar, ¿no?, porque está fijado al retablo y a la mampostería y... Tampoco sé cuánto saben los moros de nuestros asuntos.

—¿Esos? Más que nosotros.

—Es posible. Desde luego hasta ahora la jugada les ha salido redonda.

—Bien, Carmelo. No está mal. Es plausible tu tesis. Entonces, ¿por qué crees que siendo los presuntos culpables del delito unos peligrosos terroristas islámicos, la Policía Nacional no ha accedido a enviarnos ni un solo refuerzo en la afanosa y delicada captura de los malos? ¿Por qué estamos solos en esto, Carmelo? ¿Eh?

—No lo sé. Dígamelo usted, señor inspector.

—Pues es bien sencillo. La Policía Nacional española no nos envía refuerzos porque la Mezquita de Córdoba no es Torre Gemela ni Estación de Atocha. El atentado la pilló despoblada y, como las piedras no hablan, adiós y santas pascuas. Alto va a crecerse ahora Sevilla, manca Córdoba y tan tonta como siempre. ¡Por eso yo me mudo a Torrejón!

Carmelo no sabe qué replicar a las palabras de su jefe. Piensa durante un rato y cuando va a improvisar algo, desde la parte trasera del helicóptero se escucha una agazapada voz femenina.

—¡Tengo hambre!

Los dos hombres intercambian una mirada cómplice.

—¿Quedan dónuts?

—Ya no.

—¿Y café?

—A lo mejor un culín en el termo.

Chups emite un chasquido de contrariedad.

—Debajo de mi asiento está el táper con las croquetas de mi madre. Dale una —dice arrastrando las palabras.

Carmelo tienta a ciegas bajo el asiento del inspector, y después de un rato saca un envase traslúcido que tiende a la mujer que se sienta en el suelo tras él.

—Dale una solo, que ese es nuestro almuerzo.

—Coja solo una, señora.

La mujer abre la fiambrera y toma con los dedos una croqueta. Devuelve el recipiente al subinspector exhibiendo una sonrisa con tres dientes de oro.

—Gracias, muchas gracias, señor, gracias, bonito.

Carmelo le sonríe ausente y tras colocar de nuevo las croquetas bajo el asiento del piloto, vuelve a acomodarse en su sitio.

—Oiga, Chups —le dice susurrándole al micro de los auriculares, confiado en que el ruido del motor velará a la mujer la conversación—, ¿por qué tenía que ser una rumana?

—Por casualidad... y discreción. Si la opinión pública se entera de que la Policía Nacional española se sirve de adivinos para resolver ciertos casos, rodarán cabezas. Esta mujer es buena en las cosas paranormales y, además de hablar poco y mal, es gitana rumana y está rigurosamente discriminada. La ansiada discreción está asegurada a todo riesgo, lo mismo que la explotación laboral: esta señorita adivina el futuro a cambio de un plato de lentejas. La encontramos en la calle, no te digo más; en la puerta de un Mercadona. Sebas la detuvo un día por acosar a una abuelilla, y allí en la comisaría nos dejó a todos pasmados porque con solo vernos supo nuestros nombres y nuestro estado civil. Además nos leyó las manos y atinó con todo. El comisario la contrató de inmediato.

—¿Y sobre este caso se ha pronunciado ya?

—No desde que estamos volando, pero cuando nos dieron el aviso me dijo: «Me voy contigo que hoy te voy a hacer falta». Y yo le dije: «Bueno, pues vente, ya ves tú qué problema».

—¿Y por qué no le preguntamos si sabe algo?

—No. No funciona así. No es como un oráculo. Ella solo habla cuando tiene algo que decir.

De pronto Chups vuelve a acordarse del radar y echa una mirada rutinaria a su cuadrícula. Prácticamente sin esperarlo, el puntito verde superior deja de moverse a través de la pantalla. Incrédulo y escéptico, ladea la cabeza antes de celebrar el suceso.

—¡Atiza, Carmelo, los malos están quietos! —dice cuando está seguro.

—¿Habla usted en serio? ¡Logremos lo imposible!

—¡Logrémoslo!

El subinspector se gira en su asiento y pregunta hacia atrás:

—¿Lo lograremos, señora?

—Ya te he dicho que esta mujer no funciona así, Carmelo —dice Chups cansado mientras acelera a fondo.

OCTAVO

EN ALGÚN LUGAR DE LA PROVINCIA DE SALAMANCA, el helicóptero de Emergencias Sanitarias cae al suelo precipitadamente cuando un corpulento avetorillo se ensarta en una de las aspas y bloquea por completo su sistema de giro. El peso de la custodia precipita el aparato hacia el suelo, donde cae a plomo haciendo un boquete de varios metros. Sin embargo, el golpe fuerte se lo lleva el tesoro catedralicio, gracias a lo cual todos los miembros de la tripulación salen del lance ilesos.

Nada más tocar el suelo el aparato, todos se dan prisa en salir al exterior porque han visto muchas películas norteamericanas y temen la explosión que sigue al golpe. Una vez fuera, y a distancia prudente del potencial peligro, unos se tiran bajo un algarrobo de las cercanías y otros se sientan sobre un breve cúmulo de hojarasca o permanecen de pie sobre la despeinada hierba. Entretanto, el ánade baila ensartado al ritmo de un cadencioso girar de aspas que ahora mueve una mezcla de inercia y viento.

—¡Me cago en todos los pájaros que anidan en este mundo! —exclama Leonarda llevándose las manos a la cabeza.

—En todos no, mujer, que los avestruces no se ensartan así —apunta el cabo.

—¡Y a Dios gracias! Romero, Aure, Gabri, ayudadme a desenganchar la custodia del helicóptero, no vaya a ser que le dé por arder y se nos funda el oro antes de tiempo.

—¡Esto es ya lo que faltaba! ¿Y si explota cuando estemos en pleno gesto? —objeta el camillero.

—Habrá que correr el riesgo.

—Claro —apunta Eulalio desde lejos, a la sombra del algarrobo—. ¿De qué, si no de riesgos absurdos, se alimentan las almas de los hombres?

Leonarda obvia el comentario y toma la iniciativa de acercarse a la custodia. Una vez dentro de la zona cero, aferra el grueso cable y con victimizada torpeza empieza a cortarlo con la hojita de su navaja. A Aurelio y Romero les pica entonces el amor propio y la hombría y se acercan a ella, pero como ninguno lleva nada con lo que cortar el grueso acero, se limitan a mirarla y a hacer comentarios derrotistas.

—Eso es mejor hacerlo con una cizalla. En mi maletín sanitario hay una —dice al fin Gabriel tras un suspiro; y luego echa a andar atemorizado hasta el interior del aparato, de donde sale con una enorme herramienta en la mano.

—¡¿Y eso para qué clase de operaciones lo usáis?! —pregunta Aurelio intrigado.

—Para las del corazón. Es broma, claro —dice sin esperar el tiempo suficiente para que los demás se asusten—.

Esto es para los accidentes de tráfico, para cortar chapa si es necesario liberar a alguien —añade ya aplicando la herramienta al cable.

Cuando la custodia queda liberada, Aurelio la agarra con dos maromas y todos juntos tiran de ella hasta colocarla junto a Eulalio, que sigue al amparo de un árbol. Luego todos se sientan junto al filósofo, aliviados pero esperando aún la explosión y las llamas.

—Madre mía, el helicóptero... —se lamenta ahora Gabriel, cuando se ha parado a tomar conciencia—. Yo ya he perdido mi trabajo seguro. ¡Con lo que vale un cacharro de estos!

—Suerte tendrás si cuando vuelvas no vas enchironado —contesta Aurelio, a bote pronto nihilista.

—Bueno... Ya dijimos que esta experiencia va a cambiarnos a todos las vidas. Ya nada volverá a ser como antes. Nuestros últimos cartuchos habrán de ser la cirugía plástica y las Barbados.

El cabo Romero mira a Leonarda con gesto espantado:

—A mí me llegáis a decir todo esto antes y yo sigo mi ronda.

—¿Y acaso crees que a los demás sí se nos informó a tiempo de algo? —apunta sarcástico el de siempre.

Leonarda, harta de que Eulalio se lo replique todo, decide aislarse del grupo: saca el móvil del bolso y permanece un rato rozando con su dedo la pantalla. Al verla, Gabriel cae en la cuenta de que lleva desde anoche sin echar cuentas de su teléfono. Lo mira.

LEONARDO (CARI): Gabri, ¿dónde estás? (00:26). Gabri, ¿por qué no me contestas? (01:05). Gabri, mi madre me acaba de mandar un mensaje diciéndome que estás con ella. ¿Y eso por qué? ¡Déjala en paz! ¡Sal de mi vida! (01:18). Gabri, ¿qué ha pasado? Tu helicóptero sale en las noticias (09:04). ¿Tú has volado la Mezquita, o eso ha sido cosa de mi madre? (09:07). ¿Ahora sois integristas islámicos? ¿Qué habéis hecho? ¡Salid los dos de mi vida! (09:11).

Cuando acaba de leer los mensajes, Gabriel levanta la vista y mira con secreta complicidad a Leonarda, que aún tiene los ojos clavados en la pantalla de su teléfono.

—Una lástima que no me dejen llevar móvil durante las guardias… —se lamenta Romero—. En la garita estará, muerto de risa. Y ahora, incomunicado: lo que me faltaba ya.

—Eso es una tontería —afirma Eulalio—. Yo no tengo móvil y soy feliz casi siempre. Si alguien quiere localizarme, que se espere a que llegue a casa. Cuando la gente sabe que no le queda otra, se resigna y se amolda.

—Así estoy también yo ahora —cae en la cuenta Aurelio—, porque mi móvil está en mi cartera de mano, y mi cartera de mano se ha quedado Dios sabe dónde.

—Como ya dijo el sabio Machado, en esta vida lo mejor es ir «ligero de equipaje» —apunta Eulalio.

Después de unos minutos tecleando en la pantalla, Leonarda levanta la vista y dice grave:

—Tengo que daros una noticia buena y una mala.

—La mala siempre primero —se precipita Gabriel.

Los demás asienten convencidos.

—Estamos en búsqueda y captura.

Todos cuchichean.

—¿Y la buena? —pregunta al rato Romero.

—Creen que somos integristas.

Nuevo cuchicheo, entre el que la mujer distingue: «Bueno, en eso llevan razón... Al menos en lo que respecta a Leonarda». Decide pasar por alto el despropósito porque, de ahora en adelante, se propone ignorar al filósofo.

—Pero buscan el helicóptero, ¿no es así? —alza la voz Romero, y todos se callan.

Leonarda señala el aparato destrozado.

—Ya no —dice socarrona.

—¡Pues huyamos entonces! —exclama Aurelio, y se pone en pie de un salto.

—Pero antes tendremos que destruir el artefacto para eliminar pistas, ¿no? —propone Romero.

—¿Pero es que ese cacharro no va a explotar nunca? —pregunta Aurelio.

—Pues mira que hay queroseno dentro...

—Eso, qué lástima de barriles —se acuerda Romero—. ¿Por qué no los sacamos?

—¿Para qué? ¿Para venderlos de estraperlo? Al revés. Mejor dejarlos dentro... —dice Gabriel—. Todo es cuestión de que una chispa los encuentre.

—¡Eso es! —exclama Leonarda iluminada—. ¡Prendamos el queroseno y volemos el helicóptero por los aires!

—¡No! Los del hospital me matan seguro si calcino adrede ese trasto.

—Gabri, convéncete ya —dice Leonarda—. Los del hospital son agua pasada. Ese cacharro está ya inservible. Es mejor reducirlo a cenizas cuanto antes y que crean que te lo has quedado para tus viajes de millonario.

El antiguo camillero se lleva las manos a la cabeza y se la frota con brío, como si estuviera en la ducha. Suspira agobiado. Leonarda, discreta y entendiendo que esta vez no puede contar con la ayuda de su yerno, pide la colaboración de Aurelio y Romero mientras Eulalio permanece consolando al piloto. Los tres se dirigen al artefacto, localizan entre el amasijo de hierros los barriles de queroseno, y vuelcan su contenido por los restos del helicóptero. Echan a suertes quién correrá más riesgo y pierde Romero, a quien le toca arrojar un improvisado cóctel molotov hecho con el vidrio de un inyectable y gasas mojadas en combustible.

Cuando el helicóptero explota y todo el aparato se ve envuelto en devastadoras llamas azuladas, todos los exmiembros de su tripulación corren a través de la llanura salmantina como almas que lleva el diablo. Huyen con premura a pesar del peso del armamento del arsenal de Romero en manos y espaldas, que a última hora también han decidido rescatar de las llamas. El político y el militar tiran como pueden de la custodia hostigados por Leonarda, Eulalio corre con sus nutridos años a cuestas, y Gabriel con su congoja, que se le agarra al cuello y parece ralentizarlo. Varias decenas de metros después, todos agradecen el leve descenso del terreno, puesto que enseguida se sienten ayudados por la gravedad. Precisamente vaguada abajo, divisan el frondoso y serpenteante cauce de un río.

—¡Ahí abajo! —exclama la mujer constatando sin resuello lo que todos ven—. ¡Corramos hacia allí y ocultémonos entre aquellos árboles!

A medida que la pendiente se hace cada vez más pronunciada, todos aceleran su paso, en parte por lo escarpado del terreno, en parte a causa de la custodia, que rueda tras ellos como un centelleante rodillo infernal. Cuando llegan a la orilla, el militar y el camillero se apartan y la custodia pasa a toda velocidad entre dos árboles para ir a frenarse contra los cantos rodados del propio cauce. No se la lleva la corriente porque Aurelio y Romero tiran con fuerza de las cuerdas con las que la ató el previsor político, hasta que logran sacar el tesoro del agua y colocarlo en la orilla. Todos resoplan fatigados. Aurelio escupe en cuclillas y Eulalio se lleva las manos a los costados mientras jadea con una sonoridad alarmante.

—Bueno... ¿Y ahora qué? —pregunta Gabriel apoyado contra el tronco de un álamo, apaciguada su congoja por la acuciante adrenalina.

Transcurren unos minutos sin que nadie hable. Leonarda da un respingo, se da una sonora palmada en la frente y exclama:

—¡Mierda!

—¿Qué pasa? —pregunta sobresaltado Romero.

—El saco con los tesoros, ¿verdad? —dice tranquilo Aurelio—. Que está siendo liquidado por las llamas.

—¡Sí! ¡Qué pena! ¡Con la paliza de robar que te diste, y el interés tan grande que tenías!

—Bueno. Me motivó el robo en sí: el desquitarme acaso del gusanillo del mal. En realidad me acordé del saco antes de echar el queroseno, pero en silencio me decanté por la renuncia. Yo las riquezas no las quiero.

—«Traten otros del gobierno / del mundo y sus monarquías, / mientras gobiernan mis días / mantequillas y pan tierno...» —apostilla Eulalio.

—Hace frío aquí —dice de pronto Leonarda, que acusa un repelús.

—Mucho. Esta zona es muy umbrosa. Decidamos ya algo —propone el piloto.

El cabo Romero se levanta con la vista puesta en Leonarda, y cuando está próximo a ella la rodea mientras se quita su pelliza bélica y se la echa con suavidad sobre los hombros. La mujer queda petrificada ante aquel desinteresado gesto, y cuando el militar pasa ante ella y la mira, Leonarda sonríe sincera mientras afirma:

—La caballerosidad es ya un bien tan pintoresco...

Y queda meditabunda unos instantes. Su cabeza bulle rápida y asocia ideas a un ritmo vertiginoso.

—¡Eso es! —exclama enseguida, y todos la miran muy pendientes—. En aquel tiempo en que vosotros, los hombres, erais todos tan caballerosos, allá en la época en que no existían helicópteros ni aviones, ¿cómo se transportaban las mercancías?

Todos callan un rato. Aurelio al rato afirma:

—Por vía marítima.

La mujer asiente, pero enseguida señala el río y matiza:

—O fluvial.

Gabriel, receloso, niega con la cabeza.

—¿Y cómo propones que naveguemos? —dice retórico, y a continuación enumera con los dedos—: Este río lleva poco caudal, tendríamos que cargar con la custodia, no disponemos de una embarcación... Muchos hándicaps veo yo.

—¡No seas cenizo, Gabri! No hay límites. Pensemos también como los antiguos. Nos hemos quedado con lo puesto. Construyamos una balsa, caminemos río abajo hasta que el cauce sea más propicio... ¡Seamos intrépidos!

Un prolongado silencio sigue al amago de arenga de Leonarda. Transcurridos unos incómodos instantes, habla Eulalio:

—¡Madre mía, qué idealista! Te rejuvenece tu actitud.

—Leonarda lleva razón —sentencia Aurelio—. Eulalio, por Dios, ¿a estas alturas de la odisea vas a decirme que algo no es posible? Si ayer a estas horas, que viajábamos hacia el sur en un protector vagón de primera, hubiéramos vaticinado algo de esto, nos habríamos dado por majaras o idiotas. Maestro, amigo, despierta: esto es el caos, la vida salvaje. Y de perdidos, al río.

—¡Nunca mejor dicho! Cuento entonces con el apoyo del gran Aurelio. ¿Y los demás? —pregunta atenta la mujer—. La verdad es que no se os ve muy receptivos...

—¡Yo sí! —exclama enseguida Romero—. Pero no tengo mucha iniciativa. Dame la orden precisa y pondré el mundo a tus pies.

—Agradezco tu actitud, Romero.

—No es una actitud. Lo mío es cuestión de idiosincrasia.

—¿Y los demás, qué? ¿Ni idiosincrasia, ni actitud?

—Es evidente que no. Gabriel y yo hacemos las cosas cuando nos encañonas.

—No, en mi caso no será necesario eso, Leonarda —dice alarmado el expiloto—. Si te parece, ahora mismo me pongo a talar árboles. Necesitamos madera para construir la balsa.

—¿En serio? ¡Cagado! —exclama Eulalio. Luego mira a Leonarda, que se lleva instintiva la mano a la culata, y enseguida añade el viejo—: Yo no puedo cargar mucho peso, pero puedo trabar los leños una vez que me los traigan.

La mujer sonríe victoriosa y sorprendida de no haber tenido que hacerlos trabajar bajo coerción. Siguiendo sus órdenes, Romero y Gabriel talan algunos árboles cercanos con la ayuda de una ametralladora del arsenal y del hacha que el sanitario guarda en su maletín de emergencias. Aurelio les elige los ejemplares más enhiestos y con el ramaje menos profuso y luego lija sus troncos en la orilla antes de pasárselos a Eulalio, que los ensambla con unas finas sogas de junco secado previamente al sol. Leonarda vigila atenta el proceso y da órdenes aquí y allá; de cuando en cuando asciende la pendiente y otea con unos prismáticos en lontananza.

En menos de una hora está lista la embarcación, que reposa gloriosa en la orilla izquierda del afluente.

—¡Qué graciosa es! —exclama Leonarda cuando los hombres acaban de botarla aprovechando la pendiente de la margen del río—. ¡Parece de Tom Sawyer!

Todos la miran muy serios, excepto Eulalio, a quien le hace cierta gracia el comentario.

—Pues decide, Leonarda —apunta Aurelio señalando la sucinta plataforma de troncos ensamblados—. O nosotros o la custodia, porque en estos dos metros cuadrados de balsilla no cabemos todos.

—Y este río tampoco es que sea el Orinoco.

—Ya, Eulalio, ya. Yo también tengo ojos. Seamos realistas dentro de lo inusual de las circunstancias.

—Enséñanos a hacer eso, querida Leo. Somos todo oídos.

La mujer respira hondo y poco después plantea:

—A ver. No queremos mojarnos porque hace frío, pero si ponemos la custodia en la barca, nos mojaremos sin remedio. El problema entonces se reduce, como sabiamente plantea Aurelio, a una sencilla elección: o la custodia o nosotros. Porque si nos subimos a la barca con la custodia, seguro que encallamos. Propongo entonces atarla sobre los troncos y tirar de ella río abajo hasta que aumente el caudal del cauce. Entonces, cuando el río sea sensatamente navegable, bajamos la custodia de la balsa, la amarramos a la popa para arrastrarla río abajo con más comodidad, y luego nos subimos todos y dejamos que la corriente nos lleve.

—Este afluentillo no tendrá fuerza para arrastrarnos a todos hasta que no vaya a parar al Duero.

—Yo no estaría tan seguro, Lalo... Eulalio. Mira cómo se pronuncia allá a lo lejos la pendiente —dice Aurelio apuntando con un seguro índice.

—Entonces esto va a ser peor que lo de la balsa de la Medusa. ¡Apaga y vámonos como pisemos las aguas del Duero con la custodia a rastras! Cuando este amasijo de oro diga de tocar fondo, lo tocaremos todos con él. Esta cosa yéndose hacia las profundidades fluviales debe de ser como el ancla de un transatlántico.

—No creo que debamos proponernos llegar al Duero. Nos apearemos antes. Apenas lleguemos al primer pueblecillo. Allí podemos alquilar una furgoneta y viajaremos más de incógnito si cabe.

—No, no creo que quepa. A nadie se le va a ocurrir que estemos huyendo de esta forma. Ahora mismo somos ridiculísimos.

—Mejor entonces si nadie nos ve. Esto es como cuando uno se pone camisetas de propaganda para estar en casa.

—Y otra cosa, ¿dónde estamos exactamente? —dice Gabriel—. ¿Alguien lo sabe? ¿A cuánto estamos del núcleo urbano más próximo?

Romero sonríe autosuficiente y extrae de uno de los bolsillos de su pantalón un voluminoso aparato.

—Yo tengo GPS —afirma—. Última tecnología militar. Con un error de más-menos dos cuartas —mira la pantalla, pulsa botones—. Pero se acaba de quedar sin batería.

—Vaaya. Otra oportunidad más de seguir decimonónicos.

—¡Calla de una vez, Eulalio! ¡Hundes al grupo! ¡Todo el mundo a sus puestos! Romero y Gabri, atad la custodia a la balsa. Los demás, id remangándoos los pantalones y metiéndoos en el cauce. Atad dos sogas en la proa e id tirando los cuatro.

—¿Y tú, Leo? ¿Qué harás?

—Yo os seguiré por la orilla porque necesitáis a alguien que os cubra. ¡Venga!

La mujer se gira y echa a andar ribera arriba. A ninguno de los hombres le da tiempo a protestar. Como, incluso de espaldas, percibe que todos los miembros de su equipo se han quedado mirándola paralizados, los hostiga sin volverse:

—¡Todo el mundo a sus puestos, he dicho! A las once en punto zarpo con o sin tripulación.

Cuando Eulalio está a punto de hacer un nuevo comentario mordaz contra Leonarda, se escucha un ruido atronador que en pocos instantes se acrecienta hasta hacerse inaguantable. La mujer tarda algún segundo más en percatarse del estruendo, pero menos tiempo en descifrarlo; por eso formula estas escuetas instrucciones:

—¡Equipo, cuerpo a tierra!

A pesar de la clara advertencia, los cuatro hombres, paralizados, permanecen contemplando el diáfano trozo de cielo que los árboles no fragmentan. Enseguida ven con nitidez que el artífice del ruido es un helicóptero de la Policía Nacional. Cuando intentan buscar un refugio, es tarde. Leonarda ya lleva varios minutos con el cuerpo metido en una madriguera, en el momento en que sus sicarios comienzan a esconderse como pueden tras troncos de limoneros, junto a follajes de zarzamoras, tras los juncos de la orilla. Proveniente de aquel helicóptero, surge un apocalíptico torrente que a todos les resulta familiar:

—¡NO SE ESFUERCEN, SEÑORES, SUS ESCONDITES SON PÉSIMOS! ¡DESDE AQUÍ ARRIBA SE VE TODO! ¡VAYAN SALIENDO DE SUS ESTÚPIDOS ESCONDRIJOS Y AGRÚPENSE TODOS CON LAS MANOS EN LA NUCA!

Cuando cesa la voz del megáfono, se hace un silencio que trata de fingir ausencias. Las aspas del artefacto dejan de sonar a oídos de los agazapados, y sus vidas les cabalgan ante los ojos con atropello esperpéntico. El tronco de limonero tras el que se esconde Gabriel está a un tiro de piedra de la madriguera de Leonarda. Entre ellos susurran y se entienden a pesar del helicóptero sobrevolando sus cabezas en círculos de moscón.

—Leonarda.

—¡Qué!

—Qué hacemos.

—Yo pienso seguir aquí dentro; tú deberías dejar de hablarme, mirar para otro lado y entregarte.

Gabriel suspira sonoramente varias veces y, empujado por el desamparo al que lo confina su suegra, sube la pendiente de la ribera y se coloca en un claro del vergel con los brazos en alto. A ojos de sus compañeros, el acto resulta tan valiente y heroico que todos deciden emularlo. Gabriel, al verse apoyado y secundado por los demás, alza la vista y clava valiente sus ojos azules en los faros gualdos del artefacto policial. Entonces grita con una portentosa voz que no necesita amplificarse:

—¡AQUÍ NOS TENÉIS, MAMONAZOS! ¡PERO QUE CONSTE QUE NOS ENTREGAMOS PORQUE QUEREMOS!

El helicóptero policial desciende junto a ellos con pétreo aplomo, y para mayor escarnio se posa luego grácil cerca del amasijo de hierro y cenizas que pocas horas antes era el cuerpo vigoroso del otro helicóptero. Transcurren varios minutos hasta que Chups y Carmelo descienden del artefacto con porte digno. La voz metálica del altavoz se hace humana cuando Carmelo habla mientras los encañona con una USP Compact.

—¡Todo el mundo quieto! ¡Y las manitas donde yo pueda verlas! —grita para hacerse oír sin el chisme.

De pronto Gabriel se crece y se siente valiente y con ganas de tomar decisiones disparatadas, pero cada vez que se echa hacia adelante en un irracional amago de osadía, le intercepta el gesto Eulalio agarrándole el brazo con mano firme.

El corpulento Carmelo continúa encañonando las tres cabezas con su pistola mientras avanza en un estrambótico zigzag que a todos recuerda al de los polis de homicidios de las películas de acción. Entretanto, el inspector Chups camina con naturalidad hacia los malos. Viste un impoluto mono azul de polizonte aéreo y gafas Ray-Ban al estilo de Manolete; asimismo luce un cuidado bigote jaro que a buen seguro se peina con esmero cada mañana. La pistola, dormida en el cinto, arropada por la funda, es al mismo tiempo un voto de confianza al enemigo y la latente presencia de una posible gresca.

—Supongo que entienden ustedes nuestro idioma, ¿no? —y sin esperar respuesta, con una voz grave, calma, sexy, como de nocturno locutor de radio—: Hagan el favor de soltar al rehén.

Todos intercambian miradas de estupefacción ante las palabras de Chups. Cuando entiende lo que sucede, Gabriel ve en la evidente confusión de las autoridades la única posibilidad de salir indemnes de todo aquel embrollo, pero Aurelio planea por cuenta propia su salvación.

—Eso, suéltenme —dice resuelto.

Ninguno de sus compañeros está dispuesto a respaldar las palabras del señor Ruz, que a estas alturas pretende salirse por la tangente.

—¿De qué estás hablando? —apunta Gabriel indignado, empujado por su recién asumido liderazgo—. Aquí eres tú tan rehén como todos. Que los demás no seamos famosos no quiere decir que no estemos igualmente presos.

—¿Presos? —leen todos en los labios del inspector, que verbaliza su desengaño en un susurro.

—¡BUENO —continúa gritando Carmelo, a pesar de que ha logrado acercarse al grupo lo suficiente como para hacerse oír incluso hablando bajito—, AHORA COLÓQUENSE EN FILA INDIA Y APROXÍMENSE A MÍ DESPOJADOS DE TODO ARMAMENTO!

Encañonados por Carmelo y atemorizados por lo que les sugiere el aspecto de Chups, los cuatro hombres se alegran de haber dejado el arsenal tras un arbusto; solamente Romero suelta su arma, que había olvidado que aún llevaba encima. Todos se disponen en obediente fila con Gabriel a la cabeza, y caminan en silencio los pocos metros que los separan de las autoridades.

—Muy buenas, agentes —dice cordial el antiguo camillero cuando los tiene al lado—. Siento mucho las molestias que les estamos causando.

Al inspector lo sorprende la esmerada educación y el buen aspecto de los detenidos, ninguno de los cuales luce la aceitunada piel de los integristas islámicos, con la excepción del propio Aurelio Ruz. El político, a pesar del ojo a la funerala, hace enmudecer de admiración a Chups, y eso que sus simpatías políticas van por derroteros más progresistas.

—Un placer, señor Ruz —le dice estrechándole la mano; y en un susurro—: Dígame, ¿es o no es usted su rehén?

—Sí lo soy.

Al escucharle decir esto, Eulalio, que se encuentra tras él en la fila, le propina un puñetazo en la zona lumbar que resulta ser más efectivo que cualquier reprimenda de palabra.

—Bueno… —rectifica, avergonzado—. La verdad es que aquí rehenes en cierto modo somos todos… Este señor que me sigue es Eulalio Estero, ideólogo de mi formación política; y estos otros son Gabriel, conductor de helicóptero del 061, y Romero, un militar altruista que ha querido acompañarnos.

Los policías intercambian una mirada de confusión y piensan que tendrán que preguntar a la adivina para que les aclare a la fuerza este sindiós.

—Bueno… —dice Chups al rato—. No acostumbramos a hacer esto así, pero ante lo anómalo de lo que me cuentan, voy a someterlos ahora mismo a un breve interrogatorio. ¿Les parece?

Los cuatro asienten.

—Carmelo, toma nota —y el subinspector saca una libreta del bolsillo—. Nacionalidad.

—Españoles todos, ¿no?

Los demás asienten a las palabras de Gabriel, que gira la cabeza hacia atrás esperando la confirmación.

—¿Dinamitaron ustedes la Mezquita-Catedral?

Esta vez Gabriel no es tan raudo en su respuesta. Mira a sus compañeros, que enseguida desvían sus trémulas miradas hacia el suelo, el cielo, unos arbustos.

—No —contesta el excamillero.

—Explíqueme entonces por qué mi compañero y yo les vimos despegar del edificio con la custodia y notamos cómo nos repelieron estratégicamente con la onda expansiva que se originó después. Volaban en ese helicóptero que acaban de calcinar. ¿O es que dudan de mi instinto para oler cenizas?

—Faltaría más. Hemos quemado el aparato para no dejar el campo lleno de chapas. Tal vez no haya sido tan buena idea después de todo, porque visto cómo ha quedado de poco estético el amasijo… Dispensen de nuevo. A ver, íbamos en ese helicóptero, sí, pero ninguno de nosotros pulsó el botón de los detonadores que destruyeron la Catedral de Córdoba.

—Y ahora me dirá que tampoco robaron la custodia.

—Eso mismo iba a decirle ahora, sí.

—Porque ustedes afirman que todos son rehenes, ¿no?

—Desde luego.

A esto sí asienten todos con gran efusión.

—Bien. Entonces… ¿Y su secuestrador? ¿Dónde está?, ¿quién es? Supongo que él sí será integrista.

Gabriel aquí se desmorona y duda de la conveniencia de delatar a Leonarda, más que porque a todos los efectos continúe siendo su suegra, porque de pronto siente un visceral pavor a sus represalias. Eulalio, al ver flaquear al piloto, se adelanta y habla:

—Sí que lo es. Es una mujer. Se llama Leonarda y está cobijada tras aquel seto.

Se gira y señala con precisión el lugar donde la mujer se agazapa.

—¡Ea! ¡¿Para qué has tenido que hablar?! —dice espontáneo Romero.

—¿Y este? —le pregunta el inspector a Eulalio mirando al militar por encima de las gafas; luego se dirige a él—: ¿Qué ocurre, hombre? ¿Tienes el síndrome de Estocolmo?

—Es posible. Pero es que Leonarda es tan buena…

—Sí —dice Eulalio—. Es la Madre Teresa de Calcuta dos.

Chups se cruza la barbilla con un índice meditabundo.

—¿Entonces ninguno de ustedes es islamista? —pregunta al rato distraído, dándose tiempo para tomar una decisión acerca de todo aquel lío.

—Ya le he dicho que no: islamistas ninguno; integrista, una.

—Pues que salga de su escondite esa mujer.

Todos los presentes se giran hacia el arbusto tras el que se refugia Leonarda. Chups gira rápido el cuello y, haciéndose pantalla con la mano, susurra a su compañero:

—Agárrate, Carmelo, que me da que vienen curvas.

El inspector vuelve la vista hacia el seto, se quita las gafas de sol y arruga los ojos para enfocar lo mejor posible y no perder detalle.

—¡Sal, mujer, que ya te hemos delatado! —grita Eulalio al cabo de unos segundos sin que tras el seto haya signos de vida.

Pasan varios minutos y Leonarda sigue sin salir.

—¿Por qué no van ustedes a buscarla? —le susurra Gabriel al inspector—. Al no tener tanta confianza, no sabrá cómo negarse a dos desconocidos.

—Carmelo, ve tú —ordena Chups también en voz baja—. Pero con sigilo, que no vea que te acercas. Da un rodeo o algo. Yo mientras me quedo charlando con ellos…

Dame la libreta. Señor Ruz, disculpe la intromisión, pero lo veo a usted muy demacrado… ¿Qué le pasó en el ojo?

—Puf… Verá, señor policía, es una historia larga de contar… Pero creo yo que fascinante.

El inspector mira el reloj y suspira con resignación.

—Por desgracia hoy tengo todo el tiempo del mundo… Me parece que ya no llego a un importante evento familiar.

Mientras Chups explica a los detenidos por qué en su familia se celebra el Día de Acción de Gracias y Aurelio le cuenta al agente la aventura de su pincel en el ojo, el subinspector Carmelo se aproxima sigiloso a la madriguera de Leonarda armado con una porra. Avanza despacio, muy despacio. Pero enseguida descubre que al otro lado del arbusto no hay nadie.

—¿Y por qué va usted vestido de militar?

—Pues porque lo soy.

—¿En serio?

—Como lo oye.

—¿Y qué hace con ellos?

—Me convenció Leonarda. ¿Sabe? Tiene mucho carisma. Hasta lleva puesta mi guerrera, no le digo más.

—Ya imagino. Tendría frío…

—El mismo que yo. Pero uno por ser caballeroso…

—¡Cristóbal! —se escucha gritar a Carmelo.

—¿Cristóbal? ¿Quién es Cristóbal? —pregunta extrañado Eulalio.

—Servidor. Es mi nombre de pila —contesta solemne Chups—. ¿¡Qué pasa, Carmelo!? —grita a su compañero con tono de resignación.

—¡Pasa que aquí no está esa mujer!

—Y con esas voces menos —dice en tono muy bajo, para que lo escuchen solamente los detenidos y ganarse con ello su complicidad y respeto.

—No está ahí... Está un poco más allá, con medio cuerpo en una madriguera —se atreve a decir al fin Gabriel.

—Anda, ve y díselo tú a Carmelo, hombre —ordena el inspector con confianza a Romero—. Pero con un susurro, no vaya a ser que espantemos a la que se agazapa.

El militar echa a correr hacia Carmelo, que está clavado junto a un matorral mirando alrededor con desconcierto.

—Entonces... —prosigue entretanto el inspector en su afán por indagar—. Si no son ustedes integristas islámicos, ¿qué persiguen destrozando la Mezquita-Catedral y sustrayendo la Sagrada Custodia?

—Eso mejor que se lo aclare Leonarda, que ella le dará unos argumentos más sólidos —responde cauto Gabriel.

—Aquí no caben argumentos sólidos —replica Eulalio—. Esa mujer es una apasionada del arte, o eso dice ella, y lleva años convencida de que un edificio híbrido es una aberración. Según nos dijo, la custodia representa lo más recalcitrante del imperialismo cristiano. Por eso la ha robado con nuestra ayuda, para fundirla y repartir su oro entre nosotros... y la gente sin recursos.

—Esa mujer es una populista entonces.

—No, el populista es él —dice el filósofo señalando al político—. Desde que le clavaron el pincel y yo lo sometí al método socrático, se ha hecho un poco más de izquierdas, y ahora le ha dado por la redistribución de la riqueza.

—Curioso… —dice el inspector, de nuevo acariciando su barbilla—. De todos modos, el señor Ruz ya llevaba el populismo en las venas.

—Oiga usted, un respeto.

El inspector decide obviar el comentario.

—Y volviendo a la tal Leonarda… Dicen ustedes que la conocieron en el mitin. Pero, ¿no es extraño que sea simpatizante del PMC y vaya por ahí quemando iglesias?

—Sí que lo es. Le hicimos saber nuestra extrañeza cuando ella nos comunicó sus planes.

—¿Y?

—Insistió en que no soportaba en absoluto el eclecticismo artístico, y nos dio a entender que ese sentimiento era más poderoso en ella que sus tendencias neoliberales.

—¿Pero no habría sido más coherente entonces dinamitarle la parte musulmana a la catedral?

—Supongo que ella se ciñe a conceptos estéticos… Créame que la ética la trae al pairo.

—Ajá —dice el inspector, que por primera vez apunta algo en la libreta—. Y una última cosa… ¿En serio pensaban arrastrar esa custodia río abajo?

—Sí, eso pretendíamos.

—¿En esa balsita?

—En esa balsita.

El subsiguiente silencio del inspector pretende que aquellos hombres tomen conciencia de su colectiva estulticia, a todas luces fruto del ciego influjo de un líder carismático a quien Chups tiene cada vez más ganas de conocer. Para paliar la incomodidad del educativo silencio del inspector, todos miran río abajo. Sorpresivamente ven venir al policía y al militar; entre ellos, con las manos en la nuca y disimuladamente encañonada por Carmelo, va Leonarda, que contonea su polvoriento cuerpo mientras camina en dirección al inspector. Chups se quita las gafas, carraspea y se atusa nervioso el bigote.

NOVENO

DOS HORAS MÁS TARDE TODOS JUNTOS, POLICÍAS Y ladrones, en idílica y fraternal convivencia, charlan durante la sobremesa al tímido sol del otoño tras haber dado cuenta de las croquetas de la madre del inspector, de cuatro truchas salvajes recién pescadas y unos cuantos caquis robados a una huerta cercana. Beben vino de una garrafa que siempre lleva a bordo Chups por si se tercia, y güisqui caliente de la petaca de Romero. La bucólica imagen que conforman le recuerda a Leonarda al «Almuerzo campestre» de Manet, y piensa que tal vez a Romero le habría agradado que ella, como la mujer en primer término del óleo, estuviera completamente desnuda entre las viandas. Le complace sentirse deseada. La adivina rumana, a quien los policías se han atrevido al fin a bajar del helicóptero, dormita un poco más allá, echada contra el tronco de un árbol.

—Todo exquisito, ¿eh? Pero a mí me ha faltado un poquito de pan —dice Aurelio—. Sin pan a mí la comida no me sabe igual. ¿Qué os gusta a vosotros más del pan: la corteza o el migajón? Suele pasar que cuando somos niños nos gusta más lo blando y de mayores, al revés.

Algunos de los presentes responden que les gusta más la corteza y otros que el migajón, de lo que el político infiere que unos son más infantiles y otros, como él, más maduros.

—La verdad es que a partir del pan pueden sacarse conclusiones de mucho calado acerca de las personas —concluye Aurelio—. Por cierto, ¿qué preferirá la rumana? ¿Se lo preguntamos? ¿Cómo se llama?

—No nos está permitido revelar los nombres de nuestros informantes —explica enseguida Chups—. Limitémonos a llamarla «la rumana». Y mejor que la dejemos al margen. Ahora está descansando para reponer fuerzas. Trabaja poco y cuando quiere, pero dicen que es muy fiable.

—¿Y cómo ha sido exactamente la última predicción? —pregunta interesado Gabriel.

—Yo no sé cómo podéis dar crédito a supercherías —espeta con desdén Eulalio.

—Tú, calla, que gracias a que somos todos unos crédulos, aquí seguimos, libres y coleando. ¡Y mejor que en brazos!

—Cuando he entrado de nuevo en el helicóptero en busca de las esposas para detener a la señora Leonarda, la rumana me ha dicho: «Carmelo, quieto. Almorzad primero junto a vuestros enemigos y dejad que el influjo del ágape compartido os lleve a todos por una misma senda. Eso os deparará inmediata riqueza y una jubilación anticipada». Algo así ha dicho. Y como es una mujer sabia, ¡a ver quién se atreve a no hacerle caso!

—Qué curioso… —reflexiona Gabriel—. ¿Y qué vais a hacer entonces?

—Se vienen con nosotros —se anticipa Leonarda, y luego intercambia una mirada rápida con Chups, que le sonríe con aquiescencia.

—En efecto, ni os vamos a leer vuestros derechos, ni os vamos a meter en el follón de la búsqueda de un abogado de pago o la asignación de uno de oficio, porque mi amigo Carmelo y yo nos vamos con vosotros —afirma exultante el inspector.

—Pero eso significa que vamos a tocar a menos dinero por cabeza —se percata Gabriel.

—Eso es un mal menor —sentencia Leonarda—. Necesitamos ayuda, y especialmente de la policía.

—¿Ha llamado ya a casa, inspector? —pregunta intrigado Carmelo.

—Sí. Ya he dicho que no llego para la cena de Acción de Gracias.

—¿En serio? ¿Celebra usted… esa cosa? ¿Y eso por qué? —pregunta la mujer, seriamente interesada.

—Es una larga historia. Demos usted y yo un paseo y ya le explico.

Leonarda y Chups se levantan y comienzan a caminar en dirección a la orilla. Cuando llegan al cauce, remontan distraídos su margen.

—Huy, verás estos —dice socarrón Eulalio.

—¿Qué insinúas? —salta Romero, sintiendo cómo una mano invisible se le anuda al cuello.

—Nada. No insinúa nada. Porque el señor Chups es un hombre recto y felizmente casado —sentencia Carmelo mientras sigue a su jefe con la mirada y frunce el ceño.

—Curiosa historia —le dice al inspector Leonarda.

—Pues como esa tengo miles.

Ambos se detienen al llegar a un amplio meandro. Se hace un silencio incómodo.

—Bueno, ahora que vamos a estar en el mismo equipo, ¿por qué no me pone usted al tanto de los pormenores de sus planes?

La mujer sonríe y permanece callada un momento, sopesando la naturaleza de su respuesta.

—Comprenda que aún es pronto para que confíe en… ¿Te puedo tutear?

—Faltaría más.

—Para que confíe en ti. Es extraño que unos policías se cambien de bando así… Tan de sopetón.

—Sabes que llevamos con nosotros a una visionaria. Trabajamos a continuo golpe de timón.

—¿Y no os lastra eso?

—El qué.

—Tener anulado el libre albedrío. Vivir bajo el yugo de la sibila.

—Al contrario. Es fácil. Yo manejo las cuerdas de Carmelo; mi jefe, las mías; las de mi jefe las controla su jefe… Y la rumana las maneja todas.

—¿Y eso por qué? Luego la discrimináis.

—Precisamente por eso. Porque es la más poderosa, no puede sentarse a comer en nuestra mesa. ¿Sabes? Su reino no es de este mundo —aquí hace el inspector una breve inflexión, que considera oportuna para darle empaque a sus palabras; a continuación y cambiando un poco el tono, prosigue—: ¿Y qué hay sobre ti? Me consta que tú también sabes urdir tramas.

—¿A qué te refieres? —le dice sorprendida.

—A tu manera de tejer. Parece magistral. Impredecible pero eficaz.

—Agradezco el piropo, pero creo que yo no le llegaría a la virtuosa Aracné ni a la suela de su sandalia.

—Adoro tu humildad culta. ¿Fumas?

Chups saca del bolsillo lateral del mono una cajetilla de tabaco. Antes de que le ofrezca un cigarrillo a la mujer, esta declina la invitación con un gesto de la mano.

—¿Puedo hacerte una pregunta? —le dice ella, de pronto con un dejo vulnerable.

—Dispara —pero al escucharse decir esto, se arrepiente—: Bueno... En sentido figurado, claro, que ya me han contado tus compañeros que a veces te tomas esta misión muy en serio.

—De lo que te digan, créete la mitad. Esos se piensan que estamos viviendo una novela. Y fabulan de lo lindo.

—Ya supongo, ya. En serio, dime.

—Es solo una duda... ¿Eres bueno volando? Quiero decir, ¿haces piruetas y esas cosas? Una vez vi una exhibición en la que un policía hacía encajes de bolillos con su aparato.

Leonarda sin saber por qué, se sonroja. Pero Chups sonríe, ajeno a equívocos.

—Son ya quince años sobrevolando cielos —le dice un poco soberbio—. No dudes de mi valía al respecto. ¿Por qué lo preguntas?

—Pues porque tengo que reconocer que lo de transportar la custodia por el río nunca me convenció. Y necesito a un piloto capaz de ver venir el peligro de un pájaro que va a causar problemas.

—No sé si mis piruetas me evitarán ese trance, pero intentaré que así sea. De todos modos, Leonarda, permíteme que te haga una sugerencia.

—Soy toda oídos.

—Creo que no deberíamos subestimar del todo la idea de la balsa. En un principio, al veros desde el cielo, me suscitasteis conmiseración, pero ahora que estoy un poco beodo, pienso que en vuestra candidez reside el germen de una idea grande. ¿Sabes?, tengo en mente el plan perfecto.

—¿En serio? Ilumíname.

—Lo haré, pero luego, con el grupo delante. Así no tendré que repetirlo todo dos veces.

Leonarda tolera a regañadientes el dominante carácter del inspector, aunque confía en su lucidez y en cierto modo la alivia compartir responsabilidades. Ambos no saben qué más decirse poco antes de llegar junto a sus compañeros, que ahora están borrachos del todo porque Carmelo ha sacado del helicóptero una botellita de anisete. Todos beben ávidos el casero mejunje pasándose un vasito plegable de plástico que el policía asegura haber comprado en el pueblecito de Lanjarón «para poder catar más cómodamente las aguas minerales». Cuando ven aparecer a la mujer y al inspector, todos, desinhibidos, les chiflan y les dicen picardías, pero ellos dejan de molestarse cuando se unen al festín.

Media hora después el grupo entero, rumana incluida, está contentísimo, pero Leonarda no se permite ni un ápice de desmelene.

—A ver, equipo. Escuchadme con atención —dice golpeando el reluciente plástico del vasito con su estilizada uña—. Estos instantes de solaz no han de nublarnos el futuro inmediato. Debemos seguir con nuestros planes. El señor inspector dice que ha tenido una idea que...

—Leonarda, llámame Cristóbal.

—De acuerdo —dice la mujer, ruborizándose; todos se dan codazos y vuelven a chiflar sonoramente—. Si eres tan amable... Cristóbal, explícanos cuál es tu plan.

Chups opta por ponerse en pie para que todos lo miren desde el suelo como a un dios. Hace un gesto a la rumana, que sigue alejada, a lo suyo, para que se acerque. Carraspea antes de hablar con la más grave voz de la que es capaz, esa de la que su madre dice que es como «de locutor de radio».

—Señores, damas... Antes le he comentado a Leonarda que tenía un plan para proseguir con la misión, y ahora quiero compartirlo con todos vosotros... y vosotras. Ya que habéis sido tan intrépidos como para haber llevado la construcción de la balsa hasta su último término, me parece que no debemos tirar por la borda, nunca mejor dicho, todo el trabajo realizado. Mi idea es la siguiente: Carmelo, la rumana, dos de vosotros y yo viajaremos en nuestro helicóptero, y los demás iréis en la balsa con la custodia, tal y como teníais planeado. De esta manera aligeraréis peso, pasaréis más desapercibidos en el río y podremos distraer a posibles perseguidores, porque es de suponer que de un momento a otro la policía mandará refuerzos.

—¿Estás seguro de eso? Hasta ahora solo nos habéis seguido vosotros —apunta astuto Aurelio.

—Pues eso va a cambiar porque yo mismo me encargaré de darles la alarma —y antes de que los demás salten, de que Leonarda desenfunde su archifamosa pistola—. A ver. Comprendedme. Carmelo y yo debemos disimular lo máximo posible. No queráis saber lo que se les hace en la cárcel a los policías corruptos…

—¡¿Corruptos?! No seamos tan duros con nosotros mismos, jefe. Usted y yo más bien seríamos policías… descarriados. Y en última instancia la culpa es de la adivina.

Leonarda comienza de nuevo a recelar de la conversión policial, por eso decide imponer sus propias condiciones al plan del inspector.

—Me parece bien. Aurelio y yo iremos en el helicóptero con vosotros.

Romero suspira amargamente. Gabriel no se inmuta porque veía venir el comentario.

—¡Ya estamos! —exclama Eulalio—. Aunque bien pensado, después de dos caídas de helicóptero en menos de veinticuatro horas, yo prefiero ir en la balsa.

—Ea. Pues Gabriel, Romero y tú, en la balsa; y en el helicóptero, Carmelo, Chups, Aurelio y yo.

—Y la rumana.

—Y la rumana.

—Oye, ¿y si le preguntamos a ella el mejor plan? Esta mujer tiene que saber qué procesos nos llevarán al éxito —cae de pronto en la cuenta Gabriel.

—No funciona así —afirma cansado Chups—. Es esquiva a las preguntas. Ella habla cuando sabe. Dejadme continuar con la exposición del plan, por favor, que aún no he acabado. A ver... A través del río, que sin duda es un afluente de otro mayor, con suerte el Duero, y eso significa que irá ensanchando su cauce a medida que nos acerquemos a este, llegaremos a alguna localidad. Nosotros, vigilantes, os acompañaremos durante todo el recorrido, guardándoos las espaldas de los refuerzos policiales que, para disimular, yo mismo ordenaré traer aquí; pero no os preocupéis, porque vendrán con suficiente demora como para que no os alcancen. Luego estrellaremos el helicóptero y nos haremos pasar por muertos para que no nos sepan desertores —y girándose hacia el subinspector—: Por cierto, Carmelo, tenemos que avisar a nuestras esposas de este artificio, que la noticia las pille sobre aviso. Nos reuniremos todos en la primera población que encontremos. Allí alquilaremos una furgoneta para pasar más desapercibidos, tal y como tan inteligentemente —la mira y le guiña un ojo— tenía planificado Leonarda. Bueno, ese es mi plan. ¿Tenéis alguna pregunta?

—¿Tendríais unas pilas? —pregunta distraído Romero.

—¿Qué?

—Unas pilas. O una batería compatible. Las necesito para mi GPS de mano. Nos vendría bien llevarlo en la balsa.

Carmelo asiente, sube al helicóptero y vuelve al rato con unas pilas que acaba de quitarle al transistor en el que escucha el fútbol durante las rutinarias rondas de los domingos por la tarde. Cuando Romero logra encender su aparatito, lo mira unos instantes y afirma rotundo.

—Nuestro objetivo es El Perdigón.

—¿Qué?

—Que río abajo habremos de llegar a El Perdigón.

Todos callan.

—Lo que yo ya no sé es si allí alquilarán furgonetas... Pero es la única localidad cercana. A unos diez kilómetros río abajo, calculo yo.

—Eso ya se verá. Donde yo os diga, os salís del agua. Y después estrello el helicóptero. ¿Más dudas?

A Aurelio no acaba de convencerlo la idea de estrellar el helicóptero en el que él va a estar. Por eso pregunta al respecto.

—No te preocupes por eso, Ruz. Yo os desciendo a tierra primero, después oriento el aparato hacia un risco o un monte cercano que vea, y luego yo salto en paracaídas. Ya veréis, va a ser una maniobra hollywoodiense. Implica cierto riesgo, pero es absolutamente necesaria para despistar a nuestros compañeros.

Aurelio suspira visiblemente aliviado, pero a Leonarda se le dilatan las pupilas como si de repente se le hubiera ido toda la luz al mundo, y apunta alarmada:

—¿Y cómo sugieres que transportemos la custodia una vez que la saquemos, tierra adentro, a lo largo de varios kilómetros? ¿A cuestas? ¿En volandas? ¿Y con helicópteros de policías insobornables sobrevolando nuestras cabezas?

—Más crudo lo tenían los súbditos de la reina de Saba, que no daba un paso sin su palanquín, y ellos nunca se quejaron. Y no te preocupes por los policías intachables, que ya pensaré yo una manera de mantenerlos a raya.

Romero piensa en maneras de mantener a raya a personas y enseguida cae en otro asunto:

—¿Y el arsenal? —pregunta—. ¿Quién lo lleva?

—¿Qué arsenal?

—El nuestro. Bastante nutrido, por cierto.

—¿De armas lícitas? —pregunta intrigado el inspector.

—¡Y tanto! Del ilustre Ejército español.

—Yo me encargo —se ofrece Aurelio—, que ya me he acostumbrado a cargar con sacos controvertidos.

Carmelo, inseguro como un tímido adolescente en su primer día de instituto, se adelanta un paso, carraspea y antes de hablar siente cómo la sangre se le va a descarriar de las venas de un momento a otro.

—Inspector... Inspector Chups —dice sin reconocer como suya la voz que le sale del cuerpo—. ¿Puedo... puedo opinar al respecto?

Todos afirman con la impresión de que pueden dar permiso a aquel hombre tan pusilánime, pero él solo está pidiendo la luz verde de su jefe, que le dice con soltura:

—Habla, hombre; no temas. Yo no sé por qué te pones tan blandito cuando hay gente delante... A solas conmigo eres muy lanzado.

—Verá... Es que... Yo sé cómo podemos despistar a los policías.

—¿En serio?

—Completamente.

—¿De veras?

—De veras. Activaremos el «protocolo espejo».

—¡¿Qué?! —grita el inspector—. ¡¿Tú estás loco?!

—Ni mucho menos.

—¿Tú sabes lo que nos pueden hacer si nos descubren?

—Siempre podemos aducir que lo utilizamos para despistar a los malos y luego se nos olvidó desactivarlo. Tal vez el descuido sea una atenuante... En cualquier caso, luego vamos a estrellar el aparato.

—Pero el «protocolo espejo» quedará registrado en la caja negra.

—Disculpad, pero, ¿qué es eso del «protocolo espejo»?

—No podemos decirlo. Es un protocolo confidencial —afirma circunspecto Chups, y al cabo de unos segundos de reflexivo silencio—: De acuerdo, Carmelo, hagámoslo. El mundo es de los valientes.

Carmelo sonríe orgulloso y los demás deciden confiar a ciegas en su buen hacer. Su jefe intercambia una mirada cómplice con la mujer.

—Adelante pues, ¿no? Mi plan es tuyo, Leonarda. A tus órdenes estoy. Hágase en mí según tu palabra.

La mujer suspira aliviada, pues hace un instante ha vislumbrado en el inspector un carisma suficiente como para arrebatarle su puesto al frente del equipo. Por eso, más eufórica que de costumbre, sintiéndose por un instante como Leónidas en el desfiladero de las Termópilas, exclama:

—Hala, equipo, ¡a vuestros puestos!

Instigados por el optimismo de Leonarda y por la confianza que les da que hasta la policía esté de su parte, cada uno corre hacia el puesto que le corresponde. Gabriel y Romero retoman la tarea de atar la custodia a la barcaza. Eulalio los ayuda en lo que puede con el exclusivo móvil de alejarse lo máximo posible del helicóptero. El resto, tras recoger los restos del ágape, van subiendo al artefacto con el auxilio de un galante Chups, que a todos, mujeres y hombres, da la mano y acomoda en su interior. Mientras, Carmelo, diligente, pasa una bayeta húmeda al parabrisas. Cuando finalmente toma la mano de Leonarda para ayudarla a salvar la distancia desde el suelo al interior, el inspector se acerca y le susurra:

—Me encanta lo dominante que eres. Tú no quieres ser mujer fuerte, ¿verdad? Tú quieres ser hombre.

Leonarda se retira de él repudiándolo con el gesto pero confusa por las mariposas que, en bandada, le levanta en el estómago aquel hombre. Entretanto, Gabriel, Romero y Eulalio terminan de fijar la pesada custodia a la barca. Cuando acaban, la fletan y tiran de ella con varias cuerdas que evitan que se la lleve la corriente. Desde la orilla, los arenga Gabriel:

—¡Al agua, patos!

Los tres hombres, descalzos y con los pantalones remangados hasta las rodillas, se zambullen en el agua y corren sin dolor sobre los no del todo rodados cantos del fondo. En su carrera, zapatos y botas se balancean sobre los pechos, pendientes de sus cuellos por los cordones.

Mientras despega el helicóptero, los tres, metidos ya en el río casi hasta la cintura, se ponen de acuerdo para tirar a un tiempo de la balsa, que está encallada en la primera roca. Como se recuerdan a los esclavos egipcios transportando los sillares de las pirámides, sienten una relativa autocompasión que se agrava cuando el helicóptero de la policía, liviano, les sobrevuela las cabezas.

—¡ESCUCHADME, MUCHACHOS! —se oye, celestial, la voz de Leonarda, que se ha hecho con el control de la megafonía—. DESDE AQUÍ SE VE TODO. EN UNOS CUANTOS METROS, HALLARÉIS UNA PENDIENTE. CUIDADO CON EL EMPUJE DE LA BARQUILLA. Y UNOS METROS DESPUÉS, AL CABO DE DOS RECODOS, HAY UNA «Y GRIEGA» QUE FORMA EL RÍO CON LA UNIÓN DE OTRO AFLUENTE. ME PARECE QUE ALLÍ LA PROFUNDIDAD DEL CAUCE SERÁ SUFICIENTE COMO PARA QUE OS SUBÁIS A LA EMBARCACIÓN SIN NECESIDAD DE BAJAR LA CUSTODIA.

—Joder, sí que se ve desde ahí arriba. A esta la dejas y te traza en un momento un mapa mudo —dice Eulalio sin resuello.

Después de un rato tirando y motivados en su esfuerzo por las optimistas palabras de Leonarda, los tres hombres logran desencallar la barcaza con la custodia encima. Luego la arrastran río abajo hasta llegar a la pendiente, que rebasan dejando delante a Eulalio, quien tira de ella con suavidad, y con la fuerza de Romero y Gabriel frenando la embarcación desde la retaguardia. Desde el helicóptero, la tripulación aplaude la maniobra y sigue con interés de cerca el avance de la navegación.

—Esto me recuerda a cuando nos toca rondar Sevilla durante la Semana Santa, ¿no, Carmelo?

Carmelo asiente ausente mientras suda a chorros, enfrascado en pulsar los botones precisos del GPS del helicóptero para activar el protocolo secreto. Abajo, los tres hombres vuelven a colocarse delante de la barcaza para tirar de ella. Paulatinamente notan que el caudal es más nutrido y que cada vez es menor el esfuerzo que han de hacer. Casi podrían decir que la custodia navega pisándoles los talones. Al cabo de dos recodos, la voz de Leonarda vuelve a atronar el cielo:

—¡ATENTOS, QUE YA ESTÁ AHÍ EL NUEVO AFLUENTE! ¡TOMAD IMPULSO SUFICIENTE Y SUBID DE UN SALTO A LA BARCA!

—Pero antes de tomar impulso, pertrechémonos con algo que nos permita dirigir la embarcación cuando estemos encima —apunta Gabriel.

E imitando su gesto, todos buscan al paso ramas que arrancan a los árboles de la ribera, con las que hacen pértigas de gondolero o agrestes remos. El primero en subir a la embarcación es Eulalio, que se encarama a la custodia y se monta en ella a horcajadas; luego sube Romero, que intenta guardar el equilibrio en uno de los laterales. Finalmente Gabriel, que permanece un rato empujando la barcaza desde atrás, se incorpora a ella de un atlético salto. Cuando todos están a bordo, sumergen el ramaje recién cortado en las aguas del río, cada vez más bravas, y logran avanzar con esfuerzo varios metros hasta llegar a la agitada corriente de la encrucijada, donde la barca se mece y caracolea, y los tres y la custodia varias veces están a punto de encallarse en alguna orilla. Después de varios zarandeos, las aguas antiguas y las nuevas se armonizan en un cauce más abundante y estable que permite a la embarcación navegar sin propulsión ni fortuitos varados, al amor del propio río, que, nervioso, parece que ya va buscando la manera de derramarse en el mar.

—¡BIEEEN! ¡HURRAAA! ¡BRAVOOO!

Los tres escuchan con indiferencia los vítores megafónicos de Leonarda porque se saben exclusivos artífices de la heroica maniobra. Romero siente un escalofrío y lamenta no llevar puesta la pelliza; Gabriel está pendiente de enderezar la embarcación desde la popa para que no escore ni un milímetro; Eulalio, a horcajadas aún sobre la custodia, mira el despejado cielo y sonríe.

—No estáis atentos al paisaje —dice—. En cinco minutos he avistado dos águilas caudales, una imperial, cuatro dardabasíes y una guarrilla. ¿Qué os parece?

—Que ahí arriba guarrilla hay más de una —comenta ladino Romero, alzando también la vista al cielo.

—Tú estás celoso —constata Eulalio.

—En absoluto.

—Sí que lo estás. Asúmelo cuanto antes. Además, sabes bien que ese inspector tiene todas las de ganar: es gallardo e intrépido, y tiene autoridad.

El derrotado silencio de Romero hace que Eulalio se arrepienta de su sincero comentario. Gabriel, afanado aún en alinear con el río la barca, intenta arreglarlo:

—En el amor nunca se sabe. Yo creo que mi suegra es como su hijo.

—¿Invertida?

—No. Veleidosa.

—¿Velei… qué? —pregunta el militar con extrañeza.

—Cambiante… Caprichosa.

—Gracias, Eulalio. Pues eso, que mi suegra es muy compleja para ti. Desencapríchate, hazte el favor.

—Entonces, ¿qué sentido tiene para mí todo esto? ¡Me tiro al río ahora mismo! —dice, pero sin amago de hacerlo.

—¡Anda ya! Tú estás aquí por lo mismo que los demás: porque no tenías otra salida… Y por el dinero.

—No. Yo pude elegir. Vosotros me embaucasteis. Y luego la vi a ella y…

—De todos modos, aunque te hubieses negado a acompañarnos, Leonarda no te habría dejado escapar… Eras la llave del queroseno.

—Pues para lo que nos ha servido… Todas mis esperanzas han prendido con él.

Eulalio gira la cabeza y mira a Gabriel en cómplice silencio. Entretanto, Romero hunde en el cauce del río sus últimos anhelos. Los tres continúan la navegación en un trágico silencio al que le pega alejar despacio el zum y fundir a negro.

Desde el helicóptero, cuando Carmelo al fin atina con el descifrado del *software* del GPS, Chups contacta con su superior y lo informa ficticiamente de los detalles de la inminente captura. Esto tranquiliza a Leonarda, que hasta este instante en su fuero interno ha puesto en tela de juicio la claridad de las intenciones de los policías. Sin embargo, todos se inquietan cuando el inspector afirma que el comisario se ha empeñado en mandar tres helicópteros y diez coches patrulla.

—Pero no pasa nada. No hay ningún problema. Gracias al «protocolo espejo» les hemos dado una localización inexacta —dice Chups tranquilizador.

—No tan inexacta. No se ha impuesto usted al comisario Bogas con el carisma suficiente, reconózcalo —dice enfadado Carmelo.

Entonces Leonarda, nerviosa, agarra de nuevo el micrófono:

—¡SALID DEL RÍO YA! ¡VIENEN LOS REFUERZOS! ¡POR AIRE Y TIERRA!

—¿Y entonces por qué tenemos que salir del agua? —pregunta quisquilloso Eulalio—. Me da la sensación de que de aquí a un rato este será el medio más seguro.

—¡ATERRIZA YA, CRISTÓBAL! —conmina Leonarda a Chups sin desactivar la megafonía.

—¿Cristóbal, quién es Cristóbal? —pregunta extrañado Eulalio.

—El inspector Chups —contesta resignado Gabriel sin dejar de enderezar la barca al tiempo que calibra a qué orilla conviene más arribar.

—¡Diantres, es verdad! Es que no le pega llamarse así, ¿no?

Romero, absorto en su drama personal, se encoge de hombros con indiferencia. El helicóptero se pierde de pronto entre las copas de un grupúsculo de árboles, y Gabriel, varios meandros después, encuentra una orilla propicia hacia la que empujar la barca. Romero y él vuelven a zambullirse en el agua de un salto; Eulalio hace el intento de tirarse, pero el miedo a caer de cabeza en el cauce lo deja paralizado sobre la custodia. Cuando la embarcación llega a la orilla y los dos hombres tiran de las maromas para arrastrarla tierra adentro, el filósofo se siente allí encaramado como un poderoso sátrapa con un reducido pero efectivo séquito a sus pies. Piensa que podría acostumbrarse pronto a aquello. Gabriel y Romero no se indignan por su pasiva actitud porque se acuerdan de las dos caídas del helicóptero que lleva aquel hombre a sus espaldas, y en cierto modo piensan que merece algún tipo de compensación.

En cuestión de segundos, a los pies del helicóptero se tuerce la hierba, se agitan los setos y los animalillos agazapados huyen en dinámica estampida. El aparato aún no ha tocado el suelo cuando de él desciende un atlético Aurelio, seguido de la rumana, Leonarda y finalmente Carmelo. Cuando todos están en tierra, el inspector no pierde el tiempo y vuelve a ascender con el artefacto, que enseguida enfila hacia la montaña más cercana. Media hora después, los tripulantes del helicóptero encuentran a los marineros tumbados en la orilla, secándose un poco al sol junto a la custodia.

—No hay tiempo para secarse al sol junto a la custodia —dice seca Leonarda en cuanto los ve.

—Es que no sabíamos hacia dónde ir… Y con esto a cuestas puedes suponer que no está la cosa para muchos serpenteos bosque adentro —contesta a la defensiva Gabriel.

—¿Y qué hay de Chups? ¿Sabéis si se ha estrellado ya? Aquí no hemos oído ninguna explosión, aunque con la cantata del río…

Leonarda mira su móvil, inquieta tras las palabras de Eulalio.

—Pues todavía no me ha mandado ningún mensaje. A lo mejor está ya descendiendo con el paracaídas. Le he dicho que me avise nada más tomar tierra. De todos modos al final hemos quedado con él en el pueblo… ¿Cómo se llamaba?

Romero, impaciente por ganarse el afecto e incluso la admiración de Leonarda, mira corriendo la pantallita de su GPS de mano.

—El Perdigón —afirma chulesco, y entorna los ojos hasta hacerlos dos rajitas en la cara.

—¿Y a cuánto queda de aquí? —pregunta la mujer, indiferente al magnetismo pretendido por el exmilitar.

Romero vuelve a mirar la pantallita.

—A poco más de dos kilómetros.

Después de coordinarse y repartirse las posiciones que van a ocupar, destrenzan cada cabo de la cuerda hasta lograr duplicarlos. Así, cada uno tirando de un extremo, todos contribuyen a arrastrar la balsa con la custodia por los páramos, atravesando bosques y espesuras y sin perder de vista el río. A los pocos metros, Aurelio se desembaraza del saco de las armas y lo coloca junto a la custodia, añadiendo más peso a la carga compartida. Todos se lamentan en silencio de no haberle colocado a la balsilla en la base unas ruedas.

—Esto pesa como un muerto. ¿Por qué hemos dejado tan pronto el cauce? —pregunta Gabriel, notando que río abajo todo era más fácil.

—Porque me ha dado miedo. El jefe de Chups se ha empeñado en mandar varios helicópteros y una decena de coches para buscarnos.

—Ahí está la cosa. Barcos no ha decidido mandar ni uno.

—Pero el río se ve mucho desde arriba. Y os habrían descubierto prontísimo.

—¿Y acaso este páramo es más discreto? Si miramos hacia arriba, aquí se ve más trozo de cielo que en un planetario.

—Ya, Eulalio, pero entiende que Chups le ha dicho al jefe que habéis estrellado el helicóptero y que os tiene a tiro mientras surcáis el río con la custodia sobre una barca —apunta Carmelo.

—¿Y lo han creído?

—Yo diría que sí. Pero gracias a mi treta, os buscarán diez kilómetros río arriba. Más o menos donde estrellasteis el helicóptero. Todo está bajo control.

Cuando Carmelo acaba de decir estas palabras, el ruido de una explosión rasga la atmósfera. Detrás de una colina sale humo y fuego.

—Chups —susurra Leonarda, con la voz quebrada del esfuerzo de tirar de la barcaza y quién sabe si por algo más.

La comitiva deja de arrastrar la custodia y se detiene. Todos miran hacia la nube de humo pero ninguno vislumbra el colorido paracaídas del inspector. Leonarda, desesperada, se gira hacia la rumana:

—¿Está vivo? —le pregunta con angustia.

—¿Cómo va a estarlo, bonita? Ninguno de nosotros lo está. ¿Por qué iba a ser él menos? —contesta la rumana sin dejar de tirar de la custodia.

—No le hagas caso. Es mejor que no se le pregunte.

—¿Pero cómo va a ser eso? Es adivina, ¿no? —le replica Leonarda a Carmelo, y girándose de nuevo hacia ella—: ¿Se ha matado? Dime.

—Para matarse hay que estar vivo.

—¿Lo ve? ¡Está loca!

—Pues a mí me parece de lo más cuerda... ¡Esta mujer es una filósofa!

—¡Madre mía, otra loca en el grupo, lo que nos faltaba! —exclama Romero, que busca como sea el beneplácito de Leonarda.

La mujer suspira y echa a andar rápido en dirección al pueblo con la sola idea de salir de dudas sobre la muerte del inspector, cuya posibilidad, no sabe bien por qué, le afecta tanto. Hostigados por ella, todos, perezosos, incrementan el ritmo, pero se cansan pronto por lo excesivo del peso del que han de tirar. Aurelio, que está empezando a desarrollar sentidos que le suplan la carencia de un ojo, agudiza el oído un momento y exclama:

—¡Helicópteros! ¡Están cerca! ¡Nos siguen!

Veinte minutos después, todos enfilan confiados la solitaria carretera hacia El Perdigón, que tras siete curvas los conduce a la entrada del pueblo, donde hay un cartel que reza *El Perdigón* y debajo otro en el que dice *Prohibida la venta ambulante en este municipio*. Al leerlo, Leonarda se detiene y piensa un momento; al rato dice satisfecha:

—Para no resultar sospechosos, diremos que somos una compañía de teatro.

—¡Bien, Leonarda! ¡Bárbara idea! ¡Como en *El Quijote!* ¡Cómicos de la legua, qué ilusión!

Leonarda mira a Eulalio con mueca de desprecio.

—Somos una compañía de teatro que viene a representar un auto sacramental —prosigue—. De ahí que carguemos con una custodia.

Todos aplauden la ocurrencia de Leonarda, especialmente Eulalio, que en su fuero interno valora como nadie su artístico plan. Cuando todos se disponen a entrar en el pueblo, la mujer echa un último vistazo a la pantalla de su móvil, pero no hay señales del inspector.

—¿Novedades de Chups? —se interesa Carmelo.

—Ninguna.

—No te preocupes. Aparecerá. Es un superviviente. En realidad... —dice bajando la voz, aunque todos lo escuchan—. Chups es un antiguo SEAL del Mando de Operaciones Especiales de la Armada de los Estados Unidos de América.

Leonarda queda paralizada ante aquel comentario. Ahora entiende el verdadero motivo de que el inspector celebrara hoy Acción de Gracias, de su apostura, de su inteligencia...

—¿En serio? —es lo único que logra articular.

—No —contesta secamente Carmelo, y enseguida esboza una sonrisa y echa a andar de nuevo, tirando de la custodia. Todos lo secundan, hasta Leonarda, que se ve empujada al gesto—. Pero habría sido gracioso... ¿Te imaginas?

Después de deambular durante un buen trecho por calles desiertas, algunas mal asfaltadas, a retazos y parches, otras de tierra rubia, como el propio campo de los alrededores, jalonadas de casonas medio derruidas y jaramagos mecidos por arbitrarias rachas de aire, se encuentran con un viejo que come castañas sentado al borde del pilón de una fuente. Leonarda suelta la cuerda que tira del improvisado carro y se dirige derecha al anciano. El lugareño la ve venir y sonríe con prepotencia; la custodia refulge tanto que el hombre se tiene que llevar una mano de canto a las cejas.

—¿Es que no han leído ustedes el cartel? La venta ambulante aquí no se puede —le dice antes de que la mujer se le acerque del todo.

—Somos cómicos de la legua. Esa custodia no vale ni un plato de lentejas. Es todo papel platina y pan de oro. Buscamos un establecimiento para alquilar un vehículo porque el carromato se nos está haciendo insufrible. ¿Sabría usted indicarnos?

El viejo arruga el ceño y se lleva con parsimonia sus toscos dedos a la barbilla.

—Qué curioso... Hace cosa de diez minutos un caballero me ha hecho la misma pregunta.

A Leonarda apenas le da tiempo a sorprenderse cuando todos escuchan el rugido de un motor que se acelera. Al cabo de la calle se levanta una columna de polvo de la que enseguida surge un furgón blindado que se abalanza hacia ellos. Al llegar a la altura de la fuente, antes de que ninguno de los presentes reaccione, el vehículo se detiene y desciende la luna eléctrica del conductor. Lo primero que ve Leonarda es su propia efigie pasmada contra las oscuras Ray-Ban del inspector. El humo de un habano cubre la escena de una niebla como de ficción.

—¿Qué pasa, nena? ¿Nos vamos?

Leonarda se arrepentirá después de no haber sabido disimular mejor su euforia. En ese momento corre hacia la ventanilla y extiende una involuntaria mano incrédula hacia la cara del inspector, como para corroborar su presencia.

—Daos prisa. Viniendo hacia aquí me he cruzado con dos coches patrulla.

—Pero, ¿de dónde has sacado esto?

—De la puerta del banco del pueblo. Ventajas de ser una autoridad. Y el director de la entidad hasta me ha obsequiado con este puro —dice chulesco Chups, mientras mueve triunfante el cigarro en su boca—. ¡Venga, dejad de asombraros y daos prisa! También he comprado unos bocatas de tortilla.

Mientras meten en el furgón blindado la custodia después de desatarla a toda prisa de la balsa, cuya leña ofrecen al viejo para comprar su silencio, junto a un billete de diez euros que Eulalio encuentra arrumbado en un rincón del vehículo, el inspector agradece al anciano la idea que minutos antes le había dado de ir a la plaza a preguntar si alguien quería llevarlos en un furgón pirata hasta Zamora, donde poder alquilar uno propio.

—Al final he optado por preguntar en el banco. Y me han ofrecido este.

—¿Se lo han ofrecido, o lo ha robado usted?

—Oiga, no insulte. Me lo han ofrecido porque yo soy la Ley.

—Si usted es la ley, yo soy ministro. Pero descuide, que sus compadres acaban de comprarme con leña mojada y diez euros. Una tumba a mi lado será un guateque.

Una vez que han subido todos al furgón, el inspector sonríe complacido al viejo, suelta una jactanciosa bocanada de humo de puro y acelera mientras sube la ventanilla con eléctrica cadencia. El viejo se diluye entre una espesa nube de polvo.

DÉCIMO

POLLOS, TORDESILLAS, ENTREPINOS, SIMANCAS. LEOnarda se entretiene leyendo letreros de pueblos con nombres curiosos. Después de una hora de viaje, recién vadeada Valladolid, camino de Palencia, en plena digestión del bocadillo de tortilla, Chups empieza a adormecerse y la mujer, que comparte con él la cabina del furgón blindado, le aprieta con fuerza el muslo cada vez que lo nota bajar los párpados. En la parte trasera, Gabriel y Romero se han colocado al pie de dos de las saeteras que protegen el vehículo desde el interior, por donde han sacado las puntas de sendos subfusiles del arsenal de Romero. Al principio han estado muy pendientes de echar un vistazo alrededor a través de las mirillas que salpican la chapa del vehículo por si los seguía algún coche patrulla, pero al ver que no, enseguida se han quedado dormidos. Mientras tanto, replegados en un rincón del habitáculo a causa del volumen de la custodia, Aurelio y Eulalio se reconcilian en voz baja tras su paulatino distanciamiento, y Carmelo y la rumana van ahora a horcajadas sobre el tesoro catedralicio, resignados a sentir sobre sus posaderas su fría y abrupta superficie, y atentamente conformes con el acuerdo de cambiar posiciones en cada parada para hacer pis. Carmelo está extraviado en una confusa duermevela, cuando escucha susurrar a la rumana:

—Tras esa trampilla hay un tesoro, bonito.

Al oírla, el policía se espabila y mira donde la mujer señala adelantando la barbilla de forma muy sutil. Carmelo repara entonces en la portezuela de un rincón del suelo de la furgoneta, descabalga de la custodia y se acerca hasta la trampilla a gatas pasando por encima de los replegados cuerpos de Aurelio y Eulalio. Tira de ella pero no se abre. Aurelio lo mira y se lleva la mano al bolsillo del pantalón, del que saca su navaja suiza.

—Toma. Pero cuídamela, que últimamente me ha sacado de algún que otro apuro.

Carmelo forcejea un rato con el arma, luego tira fuerte y enseguida se abre la portezuela. Cuando se les acostumbra la vista a la oscuridad de su interior, ambos hombres vislumbran allí dentro varios saquitos con el signo del dinero impreso en la tela. El compartimento parece extenderse bajo todo el suelo de la caja del furgón.

—¡Bingo!

—Aunque parezca evidente, mira a ver qué hay en cada saco, que nunca se sabe. Y si es lo que pensamos, de cuánto se trata.

Carmelo obedece a Eulalio y abre uno de los saquitos. Está lleno de fajos de billetes de quinientos euros.

—Madre mía, sí es lo que hemos pensado —dice atónito el policía.

—Mira a ver los otros sacos.

Carmelo mira el contenido de dos o tres sacos más.

—Lo mismo. Billetes de quinientos. Y calculo yo que en cada uno hay unos cinco fajos.

—¡Joder!

—¿Qué pasa? —dice Gabriel, que al oír murmullos se ha despertado de su cabezada.

—Vaya por Dios, cada vez tocamos a menos.

—¿A menos qué? —pregunta despistado Romero, también recién salido de su siesta.

—¡Otro! Pero a los de delante, chitón, ¿eh? —dice Eulalio, confabulador.

Y para sorpresa del policía, todos callan aquiescentes.

—Esto no puede ser... —dice cerebral Carmelo—. Tenemos que comunicarlo a Chups.

—El inspector me dijo que los guardias de seguridad desalojaron antes el vehículo. Por lo visto toda la carga que llevaban dentro era para la sucursal de El Perdigón. Aunque diez euros quedaron olvidados aquí; yo se los di al hombre del pueblo.

—Sería un billete suelto.

—Claro. Lo mismo que estos sacos... —añade sagaz Eulalio—. ¿Vosotros creéis que a Chups le habrían prestado el furgón sabiendo lo que encierra el falso suelo?

Todos callan, reflexivos.

—Yo también creo que Chups quería para él todo el dinero. Por eso lo escondió aquí —concluye Aurelio.

Todos se miran en silencio, intentando comprender.

—Votemos —añade el político.

—¡Ya salió el demócrata!

—No, en serio —se confirma Aurelio en su posición—. Votemos a mano alzada si compartimos este hallazgo con los capitanes, o no.

—¿Y si nos están oyendo?

—Imposible —afirma resuelto Romero—. Este compartimento también está aislado de la cabina. Completamente sellado. Lo que sí debe de haber por ahí es un interfono. Pero si está apagado no hay problema.

El corazón de todos da un vuelco. Gabriel rastrea el interior del vehículo hasta dar con el aparato y asegurarse de que el micro está inactivo.

—Sin problema —afirma aliviado—. Oye, ¿y tú cómo sabes tanto de estos vehículos?

—Antes de entrar en el ejército fui vigilante jurado.

Todos se admiran de que Romero tenga un pasado, excepto Aurelio, que sigue pensando en la necesidad de votar.

—Venga, votemos —insiste—. A favor o en contra del silencio. ¿Preparados?

Todos asienten.

—¿A favor?

Levantan la mano todos excepto Carmelo y Romero.

—¿En contra?

Levantan la mano Carmelo y Romero. Después de echar un vistazo a su alrededor, Aurelio concluye.

—Decidido: no compartimos con ellos el hallazgo.

—Un momento, señor Ruz… —apunta perspicaz Carmelo—. ¡Usted no ha votado!

Aurelio, tan afanado como estaba en que los demás hicieran la votación, se ha olvidado de alzar el brazo.

—Vote ahora, se lo ruego —le suplica el policía—. Su voto es crucial para el empate.

—O para confirmar la victoria de la Razón —añade Eulalio.

Aurelio se agobia y toma conciencia de que la Democracia también lo llama a él como sujeto. Duda entre seguir fiel a su empleado y ahora amigo, o apostar definitivamente por bailarle el agua a la carismática Leonarda.

—Si me apoyas, mi parte del dinero también es tuya —le susurra en el último momento Eulalio.

—Un momento... ¡Eso es soborno!

—¡Aurelio es político! Lo que es eso lo sabe perfectamente.

El sudor empieza a perlarle la cara a Aurelio.

—Señor Ruz, sea usted sensato —contraataca Carmelo—. Un comportamiento intachable pasa por comunicar la verdad a los superiores.

—¡Eso es demagogia! —exclama Gabriel.

—Pero de la mala —apunta Eulalio—, la que no reviste peligro. Decídete, Aurelio. Yo ya te he dicho que estoy dispuesto a renunciar a mi parte. Puedes donarla a una ONG si te place. Me conformo con ganar en el plano moral; me contento con que este dinero no vaya a engrosar las arcas de una persona más taimada que Leonarda.

—Oye, que mi jefe no es como esa mujer.

—¿No? Pues yo diría que se entienden muy bien...

Romero baja la cabeza, suspira y crispa los dedos sobre las camufladas perneras de su pantalón.

—¡Ocultémoselo todo! —exclama entre dientes.

—¡¿Qué?! —pregunta Carmelo.

—Que me retracto —se reafirma el soldado—. Ya estoy harto de esos dos. Ahora prefiero quedarme ese dinero sin que se enteren.

—¡Pero eso no puede ser! —se indigna Carmelo—. Tú no puedes cambiar tu voto atendiendo a razones emocionales. ¡Esta democracia no es seria!

—¿De veras? —dice irónico Eulalio.

Carmelo se sienta de nuevo, derrotado, pensando en el titánico esfuerzo que tendrá que hacer para ocultar a su superior el hallazgo.

—¡Un momento! —exclama de pronto Gabriel—. Si, como sospechamos, el inspector ha sido quien ha escondido ahí el dinero después de robar la furgoneta, tarde o temprano, cuando no nos demos cuenta, vendrá a buscarlo… Entonces lo que tenemos que debatir no es si compartimos o no con él nuestro hallazgo, sino cuándo cogemos el dinero y dónde lo guardamos después para que esté a buen recaudo.

—Bueno, eso ya se verá —dice tranquilo Eulalio—. Lo importante ahora es que hemos votado que ese dinero sea exclusivamente nuestro. Y moralmente ya lo es.

Varios minutos más tarde, la rumana dormita tranquila por haber propiciado el feliz descubrimiento; Eulalio sonríe complacido en la venganza recién pergeñada; Gabriel vuelve a mirar por las mirillas del furgón por si los sigue la policía, y Aurelio suspira aliviado porque al final no ha hecho falta su pronunciamiento, y aún sigue oculto —para los demás, pero también para él mismo— el grueso de sus intenciones. Romero mete la cabeza entre sus rodillas y llora desconsoladamente.

Entretanto, en la cabina del automóvil, Cristóbal y Leonarda, camino ya de Burgos, juegan a un juego que la mujer ha propuesto para que el conductor no se duerma antes de la próxima parada, prevista en un área de servicio a las puertas de la ciudad del Cid.

—Es muy sencillo. Es como las palabras encadenadas, pero a nivel semántico.

—A ver. ¿Y cómo es eso?

—Pues no sé... Por ejemplo, yo digo... «elfo». Y tú dices... «Orlando Bloom».

—Ah, ¿valen también nombres propios?

—Vale todo lo que queramos.

—De acuerdo. ¿Y quién gana?

—Quien logre regresar a la palabra primera. Mejor dicho, a la idea inicial; cosa que el otro debe tratar de impedir. El mínimo es siete palabras.

—Parece complicado. A ver, empieza tú.

—Vale. Mmm... «Viaje».

—¿«Viaje»?... «Carretera».

—¿«Carretera»?... «Asfalto».

—¿«Asfalto»?... «Calor».

—¿«Calor»? ¡«Sexo»!

Chups se ruboriza. Ahora entiende a santo de qué aquel juego. La picardía de Leonarda lo espabila más que siete cafés.

—¿«Sexo»? ¡«Esta noche»!

—«Esta noche» son dos palabras. Eso no vale.

—Entonces... —dice girándose lascivo hacia ella—. «Ahora».

Leonarda enmudece ante la insinuación del apuesto inspector, que se calma cuando ve por el rabillo del ojo que la mujer sonríe. Dejan de jugar de inmediato y en la cabina se hace un silencio cuya densidad ambos deciden obviar. Leonarda vuelca la vista en el paisaje castellano: liso, espartano, elegante. El inspector empieza a darle vueltas al porqué de su coqueteo con aquella mujer. Es guapa, sin duda. Y tiene una personalidad exuberante. Pero, ¿y su esposa? Solo la había engañado una vez, y había sido un *affaire* sin trascendencia, con una agente en prácticas, y porque ella había insistido. A pesar del silencio, ahora lo mantiene espabilado la infidelidad potencial. Si en algún momento se presenta la posibilidad de un acercamiento directo a Leonarda, él, desde luego, piensa dejar la ética a un lado. Además, a todos los efectos y a pesar de que hubiera prevenido de la mentira a su mujer, él estaba muerto. Sus compañeros ya habrían hallado su helicóptero siniestrado, y hasta que analizaran los restos calcinados en busca de su ADN, pasarían varios días. Si no volvía a llamar a su mujer, bien podría haber muerto de veras, al menos durante un tiempo, justo el que necesitaba para desmadrarse un poco con aquella mujer despampanante y su atrevida aventura. Luego piensa retirarse, desaparecer del mapa. Seguro que en Barbados o Seychelles quedaba hueco para él y su esposa. Suerte que hijos nunca tuvieron porque el cambio de colegio y…

—¡Cristóbal, para!

Si no llega a ser por el rotundo aviso de Leonarda, el inspector se habría pasado el área de servicio donde habían acordado hacer una parada. Todos bajan una vez que Chups comprueba que no hay moros en la costa y les da la pertinente orden por el interfono. Leonarda entra a hacer un pis y Romero y Gabriel aprovechan para comprar *Pringles,* gominolas, cacahuetes y batidos de chocolate.

—Venga, muchachos, que esto no es un cumpleaños —les dice muy serio Carmelo cuando los ve meterse en el furgón con todo aquello.

Luego se acerca a Chups para hacerle una propuesta que los deje a ambos a solas en la insonorizada cabina. Después del hallazgo del dinero, se permite la licencia de tratarlo con más campechanismo:

—Cristóbal, ¿conduzco yo un rato y así descansas? Leonarda puede ir atrás. También es cómodo, ¿eh? Y además podrá comer guarrerías de todos los colores...

Antes de que Chups tenga que inventar una excusa para seguir viajando a solas con ella, Leonarda se aproxima al vehículo con una lata de bebida energética para el inspector. Se acerca a él insinuante.

—Piloto valiente —le dice burlona—, tómate esto, por favor, que no estoy segura de poder seguir inventándome jueguecitos que te mantengan despierto —cuando acaba de decirle esto, le guiña un ojo y se encamina contoneándose con mucha sutileza hacia el lado del copiloto.

A Chups se le dibuja una sonrisilla estúpida en la cara y Carmelo comprende que su jefe ni tan siquiera va a molestarse en decirle un «no, gracias». De camino a la parte trasera se siente más capaz que antes de velarle el secreto del hallazgo, y no sabe bien por qué pero empieza a darle credibilidad al hecho de que los saquitos hayan sido escondidos por él mismo en el falso suelo del furgón.

A lo largo de la tarde viajan haciendo breves paradas en áreas de servicio en las que de forma invariable los chicos compran golosinas —pagando siempre en efectivo por consejo de Carmelo—, y Leonarda entra al baño y luego trae a Chups una bebida energética que este bebe de un trago antes de volver a hacerse con el volante. En la cuarta gasolinera el piloto dice que ya no más, gracias, que al fin se siente una lechuza. A las once de la noche, a las afueras de Vitoria, paran en un bar de carretera del que Romero y Gabriel traen bocadillos de calamares y cervezas para todos. Se reúnen los ocho en la parte trasera del furgón para la cena.

—¿Veis? Es mejor comer aquí y no exhibirnos demasiado. A estas horas nuestras fotos estarán circulando por medio mundo.

—Pues yo necesito ir al baño. Aunque sea para asearme un poco —dice tímidamente el político.

—Ni mucho menos. Así sin más no puedes entrar tú ahí.

—¿Por qué? ¿Hay mucha gente?

—No. Cuatro gatos. Los suficientes cuando tu cara es más famosa que la Coca-Cola.

—Desde luego —apunta Eulalio con las comisuras llenas de mahonesa—, yo no sé a quién se le ocurre secuestrar a un candidato en plena campaña electoral. Si no llega a ser por él, nadie nos echaría cuentas. La Mezquita y esta custodia en el fondo a nadie le importan un bledo.

—¡Precisamente! —dice Leonarda. Y todos dejan de masticar, atentos a las palabras con las que la mujer piensa glosar la seguridad en sí misma de la que acaba de hacer alarde—. A estas alturas de la fiesta, tengo que reconocer que todo fue una pantomima. Yo contraté al pintor que le hincó a Aurelio el pincel en el ojo. Necesitaba que el señor Ruz me diera un motivo para llamar a Gabriel.

Ahora todas las miradas, acusatorias, se vuelcan en el excamillero.

—No, a mí no me miréis que yo estoy flipando lo mismo que vosotros.

—No, Gabriel no sabía nada. Yo lo llamé con la seguridad de que vendría. Pero él está fuera de esto. Aquí todos estáis «del otro lado», por así decir.

—De modo que ni siquiera eras simpatizante del PMC... —dice Aurelio desconcertado.

—¡Jamás! ¿Cómo podría? ¡Yo soy una mujer de izquierdas!

—No, si ya había notado yo ciertas incoherencias... —empieza a decir el político.

—¡¿Ciertas?! ¿En qué cabeza cabe que una mujer conservadora quiera «quitarle a la Mezquita el cáncer católico»?

—Yo no dije eso, Eulalio. Lo pensé, pero no lo dije.

—¡Pero si se te leía en la cara! Lo que pasa es que para cuando te vimos el cartón, ya nos movías las piernas con crucetas.

Todos callan. Gabriel, Aurelio y Eulalio se sienten aún más bobos que antes. Por su parte, Romero, Carmelo y Chups se consuelan pensando que al menos ellos acompañan a la mujer, si no *motu proprio,* al menos sí por motivos más o menos conscientes: sus encantos personales, el interés crematístico de su proyecto, el hartazgo de unos trabajos alienantes al servicio de una sociedad desagradecida.

—Comprended que necesitaba un equipo. Comprended que era más seguro para mí que ese equipo fuera improvisado para que así ninguno de sus miembros me delatara durante el proceso de preparación del robo. Entended que no podía contar con la ayuda de integristas islámicos, con lo controlados que están por la policía. Entended también que si secuestraba a un líder conservador, los hechos apuntarían más certeramente a la culpabilidad de esos integristas, y además había oído que el PMC hacía teatrillos en sus mítines, entre los que yo podría camuflar perfectamente mi pantomima.

—Muchas cosas son las que tenemos que entender y comprender para una sola noche.

—Déjame acabar, Eulalio. Comprended, por último, que si secuestraba a alguien importante como un candidato a la presidencia, hijo además del actual presidente, en la recta final de la campaña, mi acto iba a tener cobertura informativa suficiente en medio mundo. Esto último tiene sentido en relación con la vanidad del delincuente, que es clara y yo no oculto que la tengo.

La palabra «delincuente» golpea en silencio las cabezas de todos.

—Yo no soy un delincuente —dice de pronto Aurelio—. A ojos de la sociedad yo soy el rehén. Fijaos en qué pensaron estos —señalando a los policías— cuando nos atraparon. Incluso mi carrera electoral puede salir favorecida de todo esto. Lástima que desde lo del pincel me haya vuelto más de centro.

—Si colaboras conmigo hasta el final, prometo dejarte marchar sin mácula. Y pagarte un trasplante de ojo.

Dices que quieres donar tu parte del botín a una ONG... Tú pensarás volver a tu trabajo. En cambio, los demás necesitaremos casi todo el dinero para huir y formar nuevas vidas en el destierro.

—¿En el destierro? —retoriza el inspector, y sonríe—. No lo llames así, mujer, llámalo... ¡Paraíso!

Carmelo mira con suspicacia a Cristóbal. En estos momentos se arrepiente de haberlo seguido en aquel disparate a ciegas. Al principio le había parecido buena idea cambiar de vida, vivir aquella aventura, pero ahora piensa que su jefe es un tarambana que lo único que quiere es no compartir el dinero que encuentra y follarse a Leonarda antes de reunirse con su mujer en alguna isla perdida de la que nunca volver a salir.

Cuando Leonarda acaba de hablar, de revelar a su equipo la verdad ya en el último tramo de su aventura, a las puertas casi de Bilbao y sus Altos Hornos, el silencio que inunda el habitáculo es como una pesada pez que densamente atrapa a todos. Con el paso de los minutos y el silencio, el olor a calamares se densifica y solamente se escucha de vez en cuando alguna mandíbula haciendo su trabajo, cierta garganta tragando cerveza fresquita.

—A veces una debe saber cuándo y cómo decir la verdad a aquellos que han empezado a quererte —dice de pronto con un hilo de voz la rumana, y enseguida vuelve a ensimismarse en su bocadillo, dando la sensación de no haber dicho ni una palabra.

Undécimo

Leonarda se revuelve en el asiento de la cabina del furgón. El inspector dormita a su lado emitiendo un tenue ronquido que aumenta su inquietud. Fuera, a su alrededor, las flácidas ramas de un roble caen sobre el parabrisas parapetando un poco el coche del relente. Se cambia de postura varias veces, se echa por encima la chaqueta que le prestó Romero, pero el malestar de haberle ocultado información a su equipo se le pega ahora a la piel como la mugre que siente en el cuerpo por llevar dos días sin ducharse. Un frío que nota crecer por instantes la lleva a girar la llave del motor y enchufar la calefacción. El inspector cambia de postura en el asiento pero sigue dormitando densamente. A los diez minutos un ensordecido golpe en la ventanilla sobresalta a la mujer, que vuelve a abrir sus ojos de búho. Chups no se despierta porque tiene profundo el sueño y los cristales del furgón son gruesos como chuletones de ternera. Leonarda, agazapada, ve una gigantesca silueta humanoide en el lateral del coche y piensa por un instante en los alienígenas de Roswell. El pánico que siente le hace golpear con frenesí el hombro de Cristóbal, pero este dice algo entre dientes y sigue durmiendo. Entonces la figura de fuera alarga el brazo y aporrea la chapa del capó. Esta vez el golpe, sonoro, metálico, sí despierta al inspector; Leonarda, sin voz, señala hacia la ventanilla.

—¡Soy inofensivo! ¡Me llamo Paco! —les llega desde el otro lado, muy mitigada, una voz claramente humana.

El inspector acciona el botoncito del elevalunas y la ventanilla desciende. Al otro lado, se perfilan los rasgos rudos de un hombre corpulento.

—Buenas noches, Paco. Dígame usted —dice el inspector con voz de sueño.

—Buenas noches. Perdonen el susto, pero me ha desvelado el rugido de su motor... ¿Podrían apagarlo?

Cristóbal repara entonces en que el motor del furgón está en marcha. Se gira hacia Leonarda.

—Sí, he sido yo, qué pasa. Tenía mucho frío y quería calefacción.

—Un momento, pareja... ¡Sus caras me suenan!

Leonarda aprieta la rodilla de Cristóbal y el inspector da marcha atrás con brío. Las ruedas del furgón proyectan gravilla hacia el cielo y pronto pisan la carretera a toda pastilla. En la caja del vehículo todos se han despertado desconcertados por el violento zarandeo y la repentina velocidad. La gitana se desilusiona porque esperaba haber podido lavarse un poco antes de seguir en ruta; Gabriel usa una de las mirillas para ver si ya ha amanecido, pero se sorprende porque lo que ve es negro absoluto; Romero no podía dormir y lamenta el ajetreo porque andaba haciendo un sudoku en su móvil. Carmelo, somnoliento, pulsa el interfono. Al instante contesta una voz femenina:

—Qué.

—Leonarda, ¿ocurre algo?

—En absoluto. Un camionero.

—¿Un camionero?

—Sí. Nos ha reconocido. Espero que no nos siga. Vosotros seguid durmiendo.

Eulalio abre los ojos exageradamente en dirección a Carmelo:

—¿Te imaginas? Como el de *El diablo sobre ruedas*.

—No te mofes, que parece seria la cosa.

—Por muy seria que sea, vamos en un camión blindado. Si me apuras, aquí resistimos hasta a un desastre nuclear.

Durante varios minutos notan que la furgoneta avanza vertiginosa por los inconfundibles tramos rectos y fluidos de una autovía, pero al cabo perciben que la velocidad desciende y se pronuncian las curvas, de lo que infieren que el vehículo circula ahora por vías secundarias; de esto también deducen que el camionero los sigue o que ha podido ponerse en contacto con la policía, y es esta la que va tras ellos. El hecho de viajar prácticamente a ciegas y no bien informados los llena de inquietud e interrogantes, pero cuando el tiempo sin cambios se prolonga, el runrún de la furgoneta actúa como un perfecto anestésico, y transcurrida media hora, todos dormitan de nuevo como mecidos por brazos maternos.

Cuando empieza a amanecer, el vehículo circula por carreteras estrechas y mal asfaltadas que los llevan a Bilbao por una peregrina ruta entre montañas. Esta vez el inspector no se duerme porque las carreteras secundarias vascas son serpenteantes en extremo y a veces parece que las engulle por entero el follaje. Leonarda se alegra del paisaje porque ya estaba harta de tanta estepa y tanto toro. Al camionero ya no lo temen, pues ni siquiera llegó a seguirlos, y si llamó a la policía, de poco pareció servir su gesto. La mujer alberga la esperanza de que en aquellas tierras las competencias de la Policía Nacional interfieran con las de la *Ertzaintza,* y eso vaya en detrimento de la efectividad de su captura.

—Leo…

—Dime —contesta Leonarda al tiempo que la recorre un escalofrío; le encanta su nombre abreviado en boca de Chups.

—¿Cuál es el plan cuando lleguemos a Bilbao?

—Buscar unos altos hornos.

Chups sonríe. Le encanta la idealista determinación de aquella mujer. Seguramente su único contacto con altos hornos provenía de algún libro de EGB, de una aburrida lección de Historia que nunca hasta ahora le había servido; es más, ahora tampoco le serviría. En realidad Chups cree que es el gran fleco del plan de Leonarda, y de pronto piensa que ya es hora de cortarlo.

—A ver… Los altos hornos están en declive —le dice con un tono condescendiente que intenta suavizar su objeción.

Sin embargo, Leonarda escucha las palabras del inspector, y enseguida se siente cuestionada y se pone a la defensiva.

—¡¿Y tú qué sabrás?!

—De eso, al parecer, más que tú.

—¿Y por qué has aceptado mi plan entonces? Si lo que propongo es un disparate, ¿qué haces aquí?

Leonarda ve la tenue sonrisa de Chups entre las primeras luces del amanecer.

—Es que a mí me encantan los disparates. ¿Sabes? Fui boina verde durante el servicio militar. Yo era el rey del subterfugio gratuito. Los de la milicia universitaria, con quienes compartíamos letrinas, me llamaban «el Odiseo», porque mi astucia nunca se veía recompensada con la calma… Soy un imán para los ajetreos. Pero resulta que así es como me siento vivo. Me casé, senté la cabeza, y llevo en la policía ya casi veinte años. El cuerpo me proporciona acción, pero, como comprenderás, una acción reglada es una acción descafeinada. Y ya no me interesa. Os vi, te vi… Y me dije: cambiemos el curso de esta trama. Luego, tu proyecto me pareció tan cándido y entrañable… No sé cómo esos hombres te temen. No se puede temer a una idealista, a una soñadora.

—A una mentirosa —apunta la mujer.

—Tu mentira es arte.

Se hace un silencio.

—Y entonces qué, ¿ahora qué?

—¿Ahora? Nada. Seguiremos rumbo a los Altos Hornos. Qué bonito, ¿no? Lo mismo hasta tenemos suerte y la custodia se funde.

—Pero, ¿y el dinero? ¿Tú no estabas aquí por el dinero?

—Sí y no. Hay cosas más importantes.

—¿Pero cómo de importantes? Ya no podrás recuperar tu vida anterior.

—Me da igual. No me gustaba. Hasta pienso dejar atrás a mi mujer. Si finalmente no hay lingotes, me quedo viviendo a lo Crusoe por las orillas del Duero.

—¿Y qué hay de Carmelo?

—A él le vale el mismo cuento.

—No. Me refiero a su adhesión a mi causa. ¿Qué lo mueve a él?

Chups hace como que lo piensa un rato.

—Buena pregunta. ¿Qué movía a Sancho Panza?

—La locura de Quijote.

—Entonces no hay que preocuparse.

Leonarda sonríe y en ese momento activan desde atrás el interfono.

—Leonarda… —suena, artificial, la voz de Gabriel.

—Sí.

—¿Podemos parar? Romero se ha despertado con el estómago revuelto y dice que vomita.

—¿En serio? ¡Para, Chups!

Todos se extrañan de la benevolencia de la mujer y se la valoran mucho en silencio porque la han visto muy pocas veces y porque deciden tomarse su gesto como un primer paso para la reconciliación tras su mentira. Se detienen en un área de servicio entre escarpados montes a escasos diez kilómetros de Bilbao, donde todos aprovechan para asearse por turnos, pedir en la barra algún café con el rostro medio oculto y comprar chicles para el mareo para que Romero no los haga detenerse de nuevo en balde. El inspector llena el hambriento tanque del vehículo mientras ruega a Leonarda que le compre un paquete de cruasanes rellenos de chocolate. Poco después, mientras da cuenta de su desayuno, la mujer le arrebata su puesto al volante. Así, a primera hora de la mañana entran en Bilbao. Leonarda, desatenta a las indicaciones de su reciente copiloto, decide obviar la necesidad de pasar desapercibidos y hace caso a todos los letreros que indican «Centro ciudad».

—Leo, ¿se puede saber dónde vamos?

—Al Museo Guggenheim.

—Pero…

—Solo para verlo por fuera, descuida. Es que me pica la curiosidad.

Chups mueve la cabeza a ambos lados y luego sonríe porque en el fondo esta mujer lo tiene fascinado.

Después de callejear durante varios minutos, Leonarda detiene el furgón delante del gran perrillo de flores, en la puerta misma del museo de arte contemporáneo. Baja la ventanilla, asoma la cabeza y se queda arrobada contemplando la obra de su admirado Gehry. Aprovecha para preguntar a una rubia algo artificial la ubicación de los Altos Hornos. Esta se la indica, pero los advierte de que están derruidos.

—¿Por qué has tenido que pararte a preguntar? ¿No llevamos el GPS?

—No es lo mismo. Buscaba calor humano.

Chups sonríe resignado. La mujer fija su vista en la carretera que vadea el río.

—¿Y ahora qué? —pregunta el inspector—. ¿Te ha convencido esa rubia tetona de la idiotez de tu plan?

—Mejor que tú. Pero…

—Pero ahora vamos a visitar el horno semiderruido para ver si es posible… resucitarlo. ¿A que sí?

—Pues mira… Es una idea.

La mujer, descubierta, sonríe sin tapujos y acelera el furgón y lo conduce avenida arriba, calle abajo, avenida abajo, calle arriba, como si sus compactas ruedas rodasen por una ligera capa de aire. Con la firmeza de sus indicaciones, el inspector logra que Leonarda le haga caso y deje su torpe instinto a un lado. Así, en diez minutos escasos están en la orilla izquierda del Nervión, al pie de las ruinas del Horno Alto. Cuando el motor se detiene, todos descienden del coche con ansiedad infantil, empujados tanto por la curiosidad como por la necesidad de estirar las piernas. Otean el horizonte con atropello visual y detienen sus pupilas en una ruina esperpéntica rodeada de matojos y jaramago infame.

—Esto y nada es lo mismo —dice sentenciosa Leonarda—. Si hubiésemos hecho un par de hogueras en Sierra Morena, nos habríamos ahorrado algunos kilómetros.

Romero, al notar a simple vista la proximidad del trato entre Leonarda y Chups, le da una patada de desilusión a una piedra del camino. Esto da una idea a Gabriel, que se aproxima al río y comienza a arrojar chinas al cauce. Por primera vez en todo el viaje, se siente como librado de una tácita responsabilidad. Eulalio se acerca a él y hace lo mismo. Los dos compiten entre ellos y en secreto miden su hombría. El filósofo tiene presente que, a pesar de la edad, en eso le gana al camillero sarasa. Leonarda y Chups se acercan al Alto Horno y lo inspeccionan. Carmelo se queda junto a Aurelio y la gitana porque acaba de llegar a la conclusión de que son las únicas personas de allí en quienes puede seguir confiando. Romero se sienta en una roca distante y vuelve a hacer sudokus en su móvil.

—Cristóbal, dime qué hacemos. Este horno está inservible.

—Eso ya lo sabías. Te lo dije hace un rato.

—Ya, pero ahora no hay vuelta atrás. Estamos cara a cara con la estulticia. Dime qué hacemos aquí.

—Huir… Y mantener cohesionado al grupo. Algo se nos ocurrirá.

Leonarda sumerge una mirada lánguida en las trémulas aguas de la ría. Tras breves instantes, da un respingo y se gira hacia Chups, que examina atento la pared circular del horno.

—Oye, y digo yo que si logramos reunir toda la leña posible, colocamos unos cartones en la mella que tiene la pared del horno y ponemos un par de bandejas metálicas para recoger el material fundido, lo mismo hasta podemos apañarnos, ¿no? Sin prisa y sin brecha que haga que se disipe la fuente de calor…

—A mí no me parece tan fácil. Si fuera así de tonto, haría esto más gente. Habría aquí una cola impresionante, vamos.

—¿Eso crees?

—Eso creo.

—¿En serio piensas que la gente haría cola aquí para quemar cosas?

—La gente incendia a todas horas. Imagínate: rastrojo, enseres viejos, ropa de familiares difuntos... O incluso a los propios familiares. Y eso por no hablar de las fiestas de la Candelaria.

—Pero aquí eso no se celebra, ¿no? Ten en cuenta que esta gente tiene sus propios dioses.

En ese instante, por la brecha más amplia de la pared del horno, asoma la cabeza un viejo con una *txapela* calada hasta los ojos.

—¡Qué vamos a tener otros dioses, mujer! —exclama con un cerril acento vizcaíno—. Ustedes no tienen maldita idea ni de mitologías ni de fundiciones, ¿eh? Suerte que yo sí. Trabajé en este horno hasta que me dieron la jubilación anticipada hace treinta y cinco años ya; y ahora camino nostálgico todas las mañanas en derredor de él y por sus vericuetos. ¡Mi vida es esto, oiga!

A Leonarda se le ilumina la cara.

—¿Entonces usted nos ayudaría a fundir... un asuntillo?

—¡Que si les ayudaría dice! —le lanza una mirada rápida a Chups, o más bien a su mono de uniforme; duda un instante—. ¡Pues no habría de ayudarles! Si tengo una pena encima de no ver arder ya llamas en condiciones, que casi no me tengo en pie —entonces les saca por la grieta su cayado, para que vean que lo que dice es cierto.

—Pero, maestro hornero, sea usted realista —dice el inspector, temiendo que el viejo esté chocheando—. Este horno no está ya para bollos, ¿no?

—¿Que qué? ¡Esto está como nuevo! ¡No ven que aquí vengo yo a hornear el pan todos los días! Con cerrar esta brecha basta. Yo, como no sé de tiros, no me meto en lo suyo, así que no se meta usted en lo mío.

A Chups le sienta regular el comentario porque no se lo esperaba.

—Entonces usted dirá lo que tenemos que hacer. Le pagaremos con parte de lo que fundamos —se lanza Leonarda.

—¿Que me pagarán con qué? —pregunta extrañado el viejo—. ¿Acaso van ustedes a fundir oro?

Leonarda mira a Chups, y el inspector no tarda en exclamar:

—¡¿Ves?! ¡¿No te dije que el oro no se iba a poder fundir aquí?!

—¿Quieren fundir oro, o no?

—Sí. Y plata.

—Yo siempre he trabajado con el acero, pero lo mismo será, ¿no creen ustedes?

Ambos callan porque no saben qué creer. Meditabundo, el viejo sale del interior del horno por la grieta y se apoya sobre su cayado con la vista puesta en las inspiradoras aguas del Nervión.

—En realidad, creo que puede haber una manera de hacerlo seguro y bien.

Al escuchar al alto-hornero, Leonarda abraza al inspector, que no espera el contacto y se pone nervioso cuando la siente tan pegada a su mono azul.

—Y no quiero dinero, ¿eh? No sé qué oro ni qué plata se proponen fundir ustedes, y tampoco me importa de dónde los han sacado. Confío en que no son ladrones porque este hombre es policía. Además, allí abajo he visto un furgón blindado. Eso es más sospechoso, pero me haré el sueco porque a mí me interesa trabajar de nuevo con metales en mi horno para revivir viejos tiempos y sentirme realizado otra vez. Ya me entenderán ustedes cuando sean viejos.

—Agradecemos su laxitud. Es usted justo la persona que necesitábamos: desentendida a nivel moral y dispuesta a trabajar gratis. Ahora, caballero, si no le importa, póngase ya manos a la obra, que tenemos prisa.

—Faltaría más. Voy a ir preparando el fuego. Suerte que aquí hay un saco de coque. Tráiganme el material en cuestión.

Leonarda y Chups se acercan a la furgoneta, junto a la que reúnen a todos para explicarles el feliz acontecimiento. Enseguida, la mujer se aproxima a la parte trasera del vehículo y abre sus portezuelas de par en par. Los destellos de un tímido sol matutino golpean la superficie del tesoro, cuyas protuberancias parecen haberse erizado durante el viaje. Los más fornidos ayudan a sacar la custodia y a llevarla al interior de la construcción, junto al anciano, que cuando la ve la reconoce de haberla visto en la tele.

—¡Anda! Ustedes son los de Córdoba, ¿no? —dice con resolución.

En este instante, Romero desenfunda un arma que guarda en el bolsillo lateral del pantalón. Leonarda lo mira de reojo y le obliga con un gesto a guardarla antes de que el viejo la vea y se ofenda.

—Los integristas esos, ¿no? —añade el alto-hornero, la mirada complacida entre las volutas de los ricos metales.

—Los mismos —contesta divertido Eulalio.

—Pues se los ve a ustedes bastante normalitos... Incluso dentro de la ley y todo.

—Sí —comenta Chups ufano—. De eso nos encargamos Carmelo y yo.

—¿Y qué hay de ese Ruz, el facha?

—¿Se refiere usted a Aurelio Ruz?

—A ese mismo. Más cabrón que su padre creo yo que es. ¿No va con ustedes?

—Sí, secuestrado sigue —contesta Leonarda, aliviada de su decisión de haberle dicho al político que se quedara en el furgón vigilando.

—Pues un consejo les doy. Con el oro que va a salir de aquí, no necesitan ustedes pedir ningún rescate. Tráiganme a ese pollo luego y lo fundimos también.

Gabriel suelta una risotada que permanece retumbando unos instantes contra las cilíndricas paredes del horno. Le sigue al exabrupto un prolongadísimo silencio que poco a poco va adquiriendo volumen. El anciano, ajeno a todo lo que no sea la fundición, coloca una plancha metálica sobre la grieta de la pared del horno y luego acciona palancas; pone el crisol en la base de la chimenea y prepara el carbón en un gran barreño.

—Ahora hay que hacer pedazos la custodia y mezclarla con este carbón. Pongan a un lado el oro y al otro la plata.

Todos se miran atónitos porque no esperaban que aquello se hiciera así: teniendo que romper antes con sus propias manos aquel objeto sagrado, acción que, sin duda, los mancillaría de algún modo. Leonarda los anima:

—Hacedlo sin miedo. Esta custodia tiene mucho valor artístico, pero la verdad es que es un mamotreto horrendo.

—Ea, pues manos a la obra, señores. Aquí debe de haber una sierra…

Cuando el viejo da con ella, todos deciden que Romero es, por su fortaleza y preparación, el idóneo para asumir la parte más ardua del despiece del tesoro. Una vez que el militar ha segmentado la custodia en varios trozos, el anciano echa los pedazos de oro al barreño del carbón y luego lo sube en el montacargas que asciende hasta la boca de la chimenea. Los ojos del alto-hornero jubilado brillan como dos luceros en una noche cerrada.

—No saben ustedes las ansias que tengo de lanzar al aire olor a fundición. Aunque sea nada más que por provocar al Ayuntamiento… O puestos a molestar, ¿ven ustedes aquellos edificios de allí? —dice el hombre mientras señala unos bloques macizos de cemento que hay en la otra orilla de la ría—. Son complejos turísticos.

—Complejo turístico es lo que tiene Leonarda, que nos ha llevado esta mañana al Guggenheim solo por el capricho de pasar por la puerta —dice Chups, pero se arrepiente de su chisposo comentario cuando sufre la mirada que la mujer le lanza.

Cuando la temperatura comienza su ascenso, el antiguo operario acciona con una palanca el montacargas, y la bandeja con el oro troceado y el carbón asciende hasta la boca del horno, que ya ha sido templado por el aire procedente de las torretas circundantes. La carga cae a las campanas que hay en el interior, donde el carbón prende debido a la acción del aire proveniente de las toberas. Debajo, donde ha de caer el material fundido, el alto-hornero coloca unas bandejitas pequeñas y alargadas, como de hacer bizcochos.

—Esto todavía tarda un rato. El aire caliente hace prender el carbón y funde el metal poco a poco. Luego todo cae al crisol y ahí se decanta. El oro por un lado, la escoria por otro. Como en la vida misma, vamos. Al final, todos nos acabamos decantando. ¿Han almorzado ustedes?

—No, aún no —contesta Leonarda espoleada por las hambrientas miradas de los demás.

—Pues anden, acompáñenme a mi covacha, que la fundición va para rato, mi mujer es muy bonita y además prepara un *marmitako* estupendo.

En efecto, el *marmitako* de la mujer del alto-hornero les encanta a todos y ella, aunque demacrada ya, sigue siendo guapa de cara, y al mirarla puede uno imaginarse que en su día lo fue también de cuerpo. Comen hasta saciarse pero lamentan no poder rebañar porque el anciano ha olvidado horncar el pan crudo que llevaba bajo el brazo.

—Aines, cariño, caramba, comprende que han aparecido estos señores con sus necesidades… ¡Y yo me he olvidado de las nuestras!

Para hacer mejor la digestión les ofrecen *patxaran,* del que llevan un chupito a Aurelio, que tiene que tomarse el *marmitako* en el furgón porque el anciano insiste en que un fascista no puede pisar su casa. Eulalio sonríe porque aquel hombre desconoce que detrás de los fascistas, como tras sus contrarios, parapetados en la cómoda sombra, están los filósofos.

Comido el copioso almuerzo, todos se dirigen de nuevo al alto horno. Cuando llegan descubren el crisol lleno de oro fundido. El anciano pide ayuda a Romero y Gabriel para verter en moldes rectangulares el preciado líquido.

—Estos moldes son para bizcochos, no se vayan ustedes a creer… Mi mujer ya se los deja aquí y todo, para cuando viene los sábados por la tarde a hacer repostería con dos amigas.

Cuando acaban de echar el oro en las bandejitas, el alto-hornero sube ahora con la polea el cubo con los trozos de plata.

—Esto es ya coser y cantar, porque aquí hay menos material, y como el horno está caliente… Vámonos mientras a la ría a sumergir en el cauce las bandejitas de oro, que así se enfriarán antes. Mi mujer me ha dado un termo con café y vasitos… Allí nos lo tomamos. Vayan a buscar también al fascista, anden, que se me ha enternecido el corazón.

Formando una espectral y ordenada comitiva, todos recorren el tortuoso sendero que baja a la orilla. Cuando las alpargatas del anciano se empapan de agua fría, el hombre se arrodilla y prepara dos seguras elevaciones mediante varias piedras dispuestas de forma ordenada; luego deja que Gabriel y Romero pongan allí las bandejitas de oro para que se enfríen sin que el agua salpique dentro.

Toman café al solecito mientras departen amistosamente. Incluso el hornero intercambia con Aurelio algunas palabras acerca de las próximas elecciones.

—De todos modos, puede usted estar tranquilo porque lo más seguro es que al final no me presente. Entre el pincel en el ojo y la experiencia del… secuestro, se me están tambaleando todos mis cimientos.

—¿En serio lo dice? ¡A ver si resulta que ahora se nos va a hacer usted nacionalista! Si lo llego a saber, no solo entra usted en mi casa, sino que además le obligo a beber conmigo una botella de orujo blanco. Para celebrar el fin de su ceguera, digo.

Leonarda y Chups se alejan del grupo y caminan orilla arriba mientras charlan animosos, arrebolados aún por el pacharán tras la comida. Romero dice adusto que no quiere café y arranca nervioso juncos del cauce mientras mira con odio a la pareja. Por orden del hornero, Gabriel va y viene varias veces al horno a vigilar la plata, que no acaba de estar lista del todo. Al quinto viaje, el blanco metal es volcado en dos moldes grandes, de apariencia casi industrial.

—Son los que mi mujer usa para las natillas y el arroz con leche. Ya no me quedan más de los de hacer bizcochillos.

Gabriel y Romero sumergen en el río la plata junto al oro y se tumban luego al lado, dispuestos a esperar un rato a que se enfríen. Cuando la conversación languidece, todos se echan una tardía siesta de la que los despierta la brisa fluvial una vez que el sol empieza a esconderse.

—Las bandejitas ya casi están —dice el anciano mirándolas—. ¿Y el inspector y la dama?

—Quizá follando —apunta recién despierto de su cabezada Eulalio.

Romero gruñe.

—Asúmelo ya, soldado. No eres el héroe de esta historia.

—Me doy cuenta, ¿eh? No necesito que nadie lo verbalice. Y soy cabo.

—Haya paz, amigos —apunta Gabriel—. ¡Si será por mujeres!

—No será por mujeres, no. Como Leonarda hay pocas.

—Tampoco es para tanto —dice Carmelo—. A mí me gusta más nuestra rumana.

La rumana sonríe y se turba, como si no hubiera visto venir el piropo. Al notarla tan coqueta, Carmelo se reafirma en lo que ha dicho.

Entretanto, Leonarda y el inspector pasean por la orilla con el propósito de conocerse más a fondo; hablan de banalidades. Ambos, absortos por completo en la conversación, no notan el paso del tiempo ni los kilómetros que recorren. Les están tomando verdadero cariño a los paseos fluviales. Cuando deciden volver junto al grupo, casi está anocheciendo.

—Parece que con el frío del agua han encogido —aprecia Gabriel cuando se acerca a las bandejas—. A mí me da la impresión de que en la custodia había más chicha.

Todas las miradas convergen suspicaces en el dueño del horno.

—A mí no me miren, que yo no me he quedado ni una gota. A legal no me gana ni Cristo. Así que ya pueden ir barajando otra teoría.

Cuando Leonarda llega, se acerca a los solidificados metales.

—A ver… —y en seguida, desilusionada—: Puf. Algo ha pasado aquí, ¿no? Parece que falta metal. De todos modos, el flan solo queda bonito cuando cae al plato con ese aire de inquebrantable flacidez que le es tan propio, ¿no creéis? —apunta con una afectación que aún le dura de haber estado flirteando durante más de una hora con el inspector—. Volteemos ya las bateas y apreciemos el resultado final.

Romero se encarga de darles la vuelta a los moldes y aporrearlos. En su desmedido afán, rompe los recipientes y pronto caen con pesadez sobre la hierba ambos flanes metálicos, uno blanco, el otro gualdo.

—Bueno… —dice el hornero a modo de despedida porque quiere irse ya a su casa—. Yo marcho ya. Ha sido un placer, ¿eh? No les deseo lo mejor porque su buena suerte va en contra de todos los principios morales establecidos. ¿Desean los señores alguna cosa más?

Chups da un codazo a Leonarda y la mujer se dirige al anciano:

—Sí, espere. Como muestra de nuestro agradecimiento, nos gustaría que se quedara con uno de los lingotes de plata.

—¡¿Quéeee?! —exclaman a la vez Gabriel y Romero, coordinados ya a causa de la camaradería del viaje.

—No, gracias —dice muy convencido el hornero—. No se apuren, caballeros. Prefiero no meterme de forma tonta en follones. Créanme cuando les digo que me considero pagado con este entretenimiento.

Todos se alegran de la magnanimidad del viejo y se despiden de él con cierto énfasis desde las ventanillas de la furgoneta y desde el umbral del portón trasero. Cuando la oscuridad se cierne sobre la ribera del Nervión, la furgoneta surca ya la margen izquierda de la ría como una bala errante.

—¿Y adónde vamos ahora? —pregunta Leonarda a Chups.

—Nunca te preocupes por el dónde, nena, preocúpate siempre por el cómo. ¿Ahora mismo cómo estamos?

—No lo sé, dímelo tú. ¿Cómo estás?

—¿Yo? En una nube.

A la mujer le preocupan las palabras del inspector, a quien juzga enajenado por el cortejo de antes. Por eso decide disimular presionando el interfono:

—Equipo, y ahora qué. ¿Alguien tiene alguna idea? ¿Qué hacemos ahora?

—Algo surgirá —apunta soñador Eulalio.

Pero Carmelo, animado al ver el oro y la plata separados, la custodia deshecha, se lanza a exponer lo que lleva algunas horas barruntando:

—Se me ocurre un plan. A ver qué os parece. Viajamos hasta Barcelona, donde alquilamos un barco digno costeándolo con alguno de los numerosos fajos de billetes que acoge en su seno este furgón, de cuya presencia es posible que solo Chups tenga constancia, pues estaban bien escondidos.

Estratégicamente, Carmelo calla mientras decide ignorar las miradas asesinas que le lanzan los compañeros que en la víspera votaron por ocultarle al jefe el hallazgo. Al otro lado del interfono, en la cabina, silencio.

—Sí que tenía constancia, sí —dice poco después el inspector con ensayada voz calma—. ¿A qué negarlo? Escondí los saquitos para que no estorbaran... Ni mucho menos porque quisiera guardármelos solo para mí. ¡Qué disparate! En realidad los guardias de seguridad fueron conmigo bastante espléndidos... Siempre se rinden al carisma policial. Hay que tener en cuenta que yo soy lo que ellos ya quisieran.

—Eras... Éramos dirás. Ahora ellos no querrían ser nosotros. Ahora ni nosotros queremos ser nosotros —dice taciturno Carmelo.

—Bueno —sentencia Chups, preocupado por eliminar cualquier sospecha—. El caso es que contamos con ese dinero, para lo que sea. Sabed que es de todos.

Leonarda calla, pues prefiere quedar al margen del asunto, entre otras cosas porque durante el paseo por el río el inspector le ha contado qué planes conjuntos podían proyectar con ese dinero «extra», y ahora repartirlo entre todos le sienta como un jarro de agua fría. Adiós a la casita en la playa, al ultraligero, a un Miró baratito.

—Prosigue con tu planteamiento, Carmelo —murmura seca.

—Yo decía de ir por carretera hasta la Ciudad Condal para tomar allí un barco rumbo a Sicilia, nuestro lugar de destino. Y ahora es cuando vosotros os preguntáis por el motivo de mi interés por esta isla italiana.

—No, ahí te equivocas. No nos lo preguntamos. Cuando Sicilia sale en una historia, esta siempre se vuelve sórdida —apunta Chups con la vista fija en la carretera.

—De todos modos, ilústranos —dice Eulalio, paladeando la nueva vuelta de tuerca de la trama.

—Pues bien —continúa animadísimo Carmelo—, propongo viajar hasta Sicilia porque tengo allí algunos conocidos que me deben un favor desde los tiempos en que patrullé las costas de Palermo, a principios de los ochenta. Les encargamos a ellos que nos valoren la mercancía y nos la cambien por dinero contante y sonante. Sobra decir que son unos profesionales. Y no os preocupéis por su peligrosidad, porque esa gente tiene verdadero interés en portarse bien conmigo. Fueron muchos años no solo haciendo la vista gorda, sino también facilitándoles el trabajo.

Chups, al volante, no da crédito a lo que escucha.

—Pero, Carmelo, tú a mí me habías contado que cuando estuviste en Palermo tuviste los huevos de enchironar a media *Cosa Nostra.*

—Y así fue. Por orden de la otra media.

—¡Entonces eres un corrupto!

—¡Hombre, pues como tú! ¡A ver si no qué hacemos con esta gente!

—Oye, un respeto, que «esta gente» tenemos nombres —dice Romero—. Y no todos estamos aquí por dinero.

—¿Seguro? Pues yo creo que a estas alturas de la trama todos tenemos ya sucias las intenciones —afirma rotundo Eulalio; y todos, con su silencio, parecen estar gritando un clamoroso sí.

Duodécimo

Ya enfilando la autovía, a Chups se le ocurre la idea de alquilar otro vehículo con el que pasar más desapercibidos.

—Del alto-hornero no recelo, pero aquel camionero no parecía muy de fiar.

Por eso de parecer democrático, el inspector pulsa el interfono y comparte su idea con el resto del grupo. Todos los viajantes traseros están de acuerdo porque llevan la furgoneta atestada de envoltorios de patatas, gominolas, bollería industrial, cáscaras de pipas, latas de cerveza.

—Esto es una zahúrda. Ya casi no cabemos.

Una vez respaldada por el grupo, Leonarda da el visto bueno a la propuesta de Chups y teclea en el GPS: «Establecimientos alquiler vehículos».

—¡Bravo! —la premia el inspector.

La oficina de alquiler de vehículos a la que el navegador los conduce resulta ser una sucursal remota de una filial francesa de una conocida empresa hispana. Después de indagar modelos y precios, se decantan, tras restringido consenso, por dos Fiat Punto color azul aguamarina.

—Es que es mejor que nos dividamos en grupos —sentencia la mujer llevándose a la cintura las manos—. Aurelio, Eulalio, Carmelo y Gabriel irán en un coche. El oro, la plata, el inspector y yo, en el otro.

—Esta tía cada vez disimula menos sus ganas de inspector y riquezas —susurra a Gabriel Eulalio.

—¿Y por qué no alquilamos mejor un microbús?

La pregunta de Gabriel queda en el aire. A los respectivos volantes del par de cochezuelos, Gabriel y Chups se pican por las anchas autovías como dos machos cabríos en lo alto de una peña. Así, llegan a Logroño en tres cuartos de hora. Tras una parada para satisfacer las necesidades más perentorias, Leonarda se propone conducir para despejarse, pero pronto siente en su fortuito gesto una oportunidad de emancipación sin precedentes.

—Cuando me casé con mi exmarido vinimos aquí de luna de miel —le comenta a Chups al circundar Zaragoza—. Nos conocimos en la facultad. Él era un fanático de La Pilarica.

La conversación deriva entonces hacia los felices proyectos de juventud, truncados durante el matrimonio, y demás asuntos triviales sobre los que suelen conversar los amantes recientes. En el otro coche, como hay menos magia, nadie habla. Viajan sin altercados hasta Lérida, tierra de deliciosas frutas de invernadero. Por sus alrededores reciben una llamada de teléfono del otro coche, donde todos se quejan de hambre y sueño. Entonces Leonarda mira el reloj y ve que son casi las once de la noche.

—Sí, hagamos noche aquí —dice.

—Pero conviene pasar desapercibidos —apunta el copiloto.

—Pues aparquemos a las afueras y entremos andando en la ciudad.

Los pinos que pueblan el pie de la colina que se recorta en el horizonte de chorreante luz crepuscular se mecen con la moderada gracilidad propia de su carácter inflexible y compacto. Todos resoplan de impotencia ante la perspectiva de tener que subir a pie las empinadas cuestecillas que serpentean ante ellos. El viento huele a pinaza y cosecha no lejana, y pronto aparece un grupo de inmigrantes autóctonos a quienes poder preguntar.

—¡Perdonen! —se dirige a ellos Leonarda con tono apremiante—, ¿podrían recomendarnos algún sitio por aquí cerca para pasar la noche?

—Sigan subiendo hasta el castillo de La Zuda. En la ciudadela hay un hostalito al que llaman «La casa encantada».

Al escuchar las palabras del mulato, Romero palidece y traga saliva.

—Muchas gracias, hombre. ¡Con Dios! —se despiden del leridano.

—No la llamarán «casa encantada» porque esté encantada, ¿verdad? —pregunta el militar con una candidez que a Gabriel le parece que tiene un punto entrañable.

—No creo… Ese nombre lo tiene para atraer a los turistas —le dice maternal Leonarda mientras le pasa un brazo por los hombros para asegurarse su docilidad; lo siente temblar bajo la piel.

Romero, a pesar del apasionante roce de la mujer, que aún no lo ha soltado, sigue en sus trece:

—Pues yo me decanto por no dormir esta noche. ¿O por qué no acampamos aquí mismo? Esta placita recoleta parece segura.

Todos hacen oídos sordos a las palabras del militar porque prefieren dormir con fantasmas que pasar otra noche a la intemperie. En el empinado ascenso hasta el castillo, Leonarda, seguida sin resuello por Romero, los policías y la rumana, se da tanta prisa que cuando Eulalio, acompañado siempre del fiel Aurelio, llega a la puerta del hostal en cuestión, la mujer ya ha cenado, ha reservado las correspondientes habitaciones en la casa encantada, ha escondido los bloques de oro y plata en la caja fuerte del armario empotrado de su habitación, se ha dado una ducha, se ha puesto el pijama y se ha leído el primer capítulo de lo de las sombras de Grey.

—¿Y eso? —le ha preguntado Chups con sorna al verla en el ascensor con el libro en la mano.

—Es que no tenían gran cosa en la reducida biblioteca de recepción.

La distribución de las habitaciones la ha decidido Leonarda, atenta siempre hasta al más sutil detalle. Así, Gabriel compartirá cuarto con Carmelo, Romero y la rumana, que ocupará una cama supletoria junto al policía; Eulalio dormirá con Aurelio, y para Chups y ella, la mujer ha reservado sendas individuales por guardar las apariencias. Recién metida en su piltra, la almohada hecha un rosco y los calcetines de paño puestos, Leonarda, esperanzada, se desconcentra de la lectura cada vez que escucha pasos junto a su puerta.

Cuando, casi una hora más tarde, Aurelio y Eulalio entran en la hospedería, contemplan admirados la decoración: candelabros dorados, arañas plateadas, sillones imperio, lienzos cuarteados, relojes de pared, alfombras persas, planchas de carbón, chimenea con volutas, espejos-tocador: Cataluña profunda. Huele a rancio en el ambiente porque el efluvio que emana de cada cosa es decimonónico y porque el ambientador del siglo actual no es lo suficientemente poderoso.

—No me extraña en absoluto que aquí haya presencias paranormales —dice Eulalio—. La morada rococó es al espectro lo que el caramelo al diabético.

Al cabo de varias páginas, Leonarda está tan embebida en la lectura que piensa que si apareciera Chups, la molestaría. Diez minutos después de llegar a esta conclusión, llaman a su puerta. Ella se peina, se arropa y saca morritos.

—Adelante —dice sensual.

El inspector, en pijama también, asoma la cabeza.

—¿Se puede? —pregunta tímido.

—Se debe —responde ella, leonina.

La contestación de la mujer es la llave que le abre esa puerta que hace un instante no sabía si franquear. Ahora se siente valiente y sonríe. Piensa algo ingenioso.

—La cama es grande, y este sitio da mucho miedo… —le dice lascivo—. ¿Quieres que duerma contigo?

—Yo hoy no duermo. Me he enganchado a esta estúpida novela… que llevo años criticando —contesta sincera la mujer, agitando el libro en la mano.

La respuesta de Leonarda desconcierta al inspector, que, sin embargo, a estas alturas no está dispuesto a tirar la toalla tan fácilmente.

—Enseguida te engancharás a otra cosa —le dice mientras se dirige al baño, pero luego se arrepiente del tácito sentido de sus palabras—. Salgo en un momento.

Leonarda continúa enfrascada en la lectura cuando, cinco minutos después, el policía abre la puerta del baño, de donde emerge entre el vapor de una frugal ducha ataviado con un albornoz blanco. La mujer levanta la vista del libro para verlo tumbarse al filo de su cama con ademán de galán de Hollywood. «Entre Rick Blaine y Jay Gastby», piensa cinéfila Leonarda, olvidado ya el libro en la mesita.

—Sabes que lo de dormir era un eufemismo… —susurra él con su voz más galante.

—Huy, pues a mí me vuelven loca los eufemismos —dice ella, agarrándolo por la nuca y atrayéndolo hacia sí.

A las ocho menos cuarto de la mañana se congregan todos en la recepción del hotelito. Cuando Leonarda y Cristóbal aparecen cogidos de la mano, nadie se asombra porque todos pudieron oír largo y tendido anoche la rotundidad de su pasión. Aurelio y Eulalio padecen migraña a causa del insomnio; Gabriel acaba de venir de la cafetería con un pomposo cruasán en la mano; Romero se agazapa en un silloncito de orejas para lamentar en la intimidad la pena de su amor perdido, y Carmelo acusa el sueño de una noche en vela debatiéndose entre tocar o no a la rumana, agazapada en la supletoria; la rumana, en cambio, ha pasado una noche estupenda porque ha sabido de antemano que su Carmelo era todo un caballero. Leonarda y el inspector sonríen a todos como untuosos monarcas en visita oficial.

—¿Por qué dirán que esta casa está encantada? —dice Leonarda por sacar algún tema de conversación—. ¿Alguno de vosotros ha visto u oído algo raro?

—Aparte de tus gemidos, no —contesta Eulalio con voz migrañosa.

Leonarda se ruboriza y mira a Cristóbal, que no sabe si ir a defender la honra de su amada o disfrutar de la sensación de sentirse un semental. Al final la mujer decide hacerse la sueca una vez más; se acerca al mostrador y toca el clásico timbre de los hoteles con encanto. A la llamada acude una mujer mayor.

—*Bon dia, senyoreta!*

—*Bon dia* —contesta Leonarda, que piensa continuar hablando en español para defender su orgullo castizo—: Quisiera abonar la estancia... ¿No hacen descuentos grupales?

Antes de que la recepcionista, resignada, le conteste en español, Chups se dirige a ella en catalán, deseoso de poner en práctica lo aprendido durante el año que estudió el idioma a distancia. Leonarda no puede creer que aquel hombre sea tan perfecto: queda un buen rato arrobada escuchando su seductor acento payés, y casi no se da cuenta cuando él se dirige de nuevo a ella en su idioma natal.

—No hacen descuentos grupales porque dice que sus precios ya son asequibles. Admiten pagos con tarjeta. Nos preguntan si hemos usado la caja fuerte.

—¿Y eso por qué? ¿También la cobran?

El inspector remite la pregunta a la afable anciana.

—No —traduce simultáneamente—. Es porque no nos olvidemos de su contenido.

—¡Ay, porra! —exclama Leonarda, y se gira hacia su equipo—: ¡Gabriel, Romero, subid a mi cuarto y coged… el tesoro! La combinación es sesenta y nueve, sesenta y nueve.

Eulalio es el único que se atreve a reírse. Aun así, la mujer se considera en la necesidad de dar una explicación:

—Busqué un número del que fuera fácil acordarse, y como estaba leyendo lo de Grey…

Mientras Leonarda sopesa la posibilidad de robar la novela, que sin querer ya ha guardado en su bolso, Romero rezonga tras Gabriel escaleras arriba, desanimado por tener que ver y oler el cuarto donde se ha forjado su ofensa. Abonada la estancia, aguardan a que bajen con el tesoro los dos hombres, y cuando ya están todos listos, Chups se despide amable de la recepcionista, que le susurra grave al oído alguna cosa. Desde hace un rato Leonarda espera en la acera al inspector, que al salir le anuncia muy serio:

—Dice esa pobre anciana que no te vayas sin devolverle el libro.

Leonarda, ruborizada, regresa a la hospedería, de donde vuelve en menos de un minuto francamente contrariada.

Decimotercero

Parece que el puerto de Barcelona ha sido dibujado con carboncillo. Turbio, sucio, gris como un papel de churros, acoge en su seno buques mercantes, barcos pesqueros, y en su parte más vistosa, relucientes transatlánticos y portentosos ferris.

—En ferri no, que tendríamos que pasar lo más desapercibidos posible, y con el pretexto de las drogas, los gilis de la Nacional son capaces hasta de desmontarnos las guanteras.

—Pero Leo, cariño, los coches tenemos que llevarlos, porque para movernos por Sicilia…

—¿Y por qué no alquilamos un ferri… solo para nosotros?

«SE ALQUILAN EMBARCACIONES». El experimentado ojo de Chups enseguida da con el letrero que se adosa a una pequeña caseta prefabricada color naranja atardecer. Bajo las grandes letras de imprenta, se perfila sobre el cartel un barquito velero que parece que ha sido pintado por un niño, pero al que no le falta un detalle: su ancla, sus salvavidas, sus botecillos, su marinero con catalejo, una gaviota en la baranda. Todos entran por la puerta que se abre a la izquierda y llenan la oficina de una sentada.

—Buenas tardes —saluda el inspector.

—Muy buenas —contesta en cosmopolita español aunque con sequedad la alquiladora de barcos, una mujer robusta de pelo corto—. Sepan ustedes de antemano que no existen tarifas especiales de grupo.

—A ver, quisiéramos un barco, preferiblemente para zarpar ahora mismo.

—¿Un yate?

—Mejor un ferri. Es que llevamos dos coches y tienen que caber.

—Qué sandez. Aquí el único ferri que hay es el público.

—Pues si es tan amable, señorita, díganos lo que puede ofrecernos y acabamos antes. Pero tenga usted en cuenta que llevamos dos coches.

La alquiladora de barcos se detiene un momento a pensar.

—Tenemos un antiguo buque que los soviéticos se dejaron atracado ahí a la vuelta tras la Guerra Fría.

—Ni de coña.

—¡Es perfecto!

—¿Lo ves? —susurra Eulalio a Aurelio—. ¿Qué te dije? Esta es más comunista que Lenin. Y la muy falsa dorándonos la píldora en el mitin. Seguro que tiene previsto llevarnos al Gulag.

—Pensémoslo antes un rato, Leonarda —le dice el inspector con suavidad—. Seguro que ese barco es un amasijo torpe y pesado de hierros oxidados, mástiles tronchados y correas de transmisión picadas.

—No infravalore el material que alquilo —comenta la dependienta, indignada—. Nuestro buque mercante salió invicto de la guerra de Corea cuando llevaba víveres a los contendientes rusos.

—No se hable más —concluye Leonarda—. El buque ruso entonces. ¿Dónde hay que firmar?

Chups no queda en absoluto conforme con la elección de la mujer, pues ve en el buque soviético un medio de transporte torpe, temerario y muy de izquierdas. Discretamente se acerca a la rumana y se planta a su lado a la vez que disimula mirando los folletos de tipos de yate que hay en el mostrador. A un lado descubre una revista porno para lesbianas. Como le interesa, achina los ojos para leer el título: *Fe-me Fa-ta-le*. Confía el nombre a la memoria, y cuando lo considera oportuno ladea la cabeza e interroga a la pitonisa con un susurro levísimo que la mujer se ve obligada a descifrar haciendo uso de sus poderes especiales.

—¿Naufragaremos? —entiende a duras penas la rumana.

—¿Tú qué crees? —le responde.

Chups se ve entonces en la necesidad de salir de la casucha para respirar el enrarecido aire del puerto.

Después de hacer muchas cuentas en una calculadora a la vez que ojea una tarifa arrugada, la alquiladora sentencia:

—Les sale por setecientos cincuenta euros.

—¿Incluye al patrón? —pregunta Aurelio, de pronto interesado.

—No. El patrón va aparte. No sabía que también quisieran patrón.

—¿Y esperaba que supiéramos manejar ese cacharro? —pregunta Gabriel.

—Oye, que todo es cuestión de ponerse —apunta valiente Romero.

La mujer vuelve a mirar la tarifa y a teclear en la calculadora.

—Entonces son seiscientos euros más.

—Por esa cantidad aprendo yo a manejar un portaviones —dice el militar.

—No es por nada... señorita —dice Aurelio—, pero yo en invierno alquilo a los guiris mi yate de recreo por la mitad.

—Venga, va, os lo dejo por ochocientos con el patrón, gasolina aparte —dice la alquiladora, a quien empieza a hacer mella el carisma de Leonarda, tornador incluso de voluntades económicas.

—Trato hecho. ¿Dónde está Chups? Romero, llama al inspector y dile que me traiga el dinero de la furgoneta, que él sabe bien en qué recoveco lo metió.

El militar sale al muelle seguido de cerca por Carmelo, y ambos, sin perder de vista a Chups, que conversa fuera con un marinero, se dirigen al furgón a buscar los billetes. Después de que Romero le cante a Carmelo las cuarenta por chivato, ambos forcejean durante varios minutos porque el militar se empeña en guardarse en la pelliza un par de fajos.

—¡Si no los tiene contados! ¡¿Y además, a ti qué más te da?! ¿Qué le debes tú a ese hombre?

—Diez años de servicio a su lado, ¿te parece poco? No podía callarme lo del dinero. Chups es un policía de honor.

—Sí, ya se ve.

—A ti lo que pasa es que estás celoso y quieres hacerle mal al pobre porque sí. ¡Si te dejo eres capaz de tirar los saquitos al agua!

Nadie puede negar que el barco sea ruso. Una gran ancla impresa en estribor y una hoz y un martillo en babor son motivos suficientes para correr cierto peligro navegando por aguas mediterráneas. El barco es óxido y pesantez de manera tan escandalosa que todos se preguntan cómo diablos flota semejante mole. Por eso ruegan para sus adentros no zozobrar y que no les ataque la OTAN.

—Ya sea porque quebrante mis principios ideológicos, ya sea porque peligre mi vida, yo ahí no me subo —suelta Aurelio en el último momento, al pie de la rampa de embarque.

—Pero Aure, ¿no habíamos quedado en que desde lo que te pasó en el ojo éramos más de izquierdas?

—Quedamos en que seríamos menos de derechas, que no es lo mismo.

—Pero no puedes reaccionar así. Debes ser más pragmático. Hoy día ya no se muere por los ideales. Además, nos persigue la policía.

—¡A mí no!

—¡A ti sí! ¡A ti ya sí! ¡Como a mí! A estas alturas somos ya parte de esto. ¡Niégame que después de estos días sigues siendo el mismo lechuguino! Como dijo el gran Cervantes: «No hay ningún viaje malo, excepto el que conduce a la horca».

—Entonces yo llevo varios días recorriendo el trecho hacia el patíbulo. Y por subir a un buque soviético no paso.

—Sí pasarás. Claro que pasarás. Acuérdate de lo que les debes a los pobres. No querrás ser un mal cristiano. Ser un mal cristiano te hará más rojo que subir a ese barco.

Ruz se queda sin argumentos. El cuerpo empieza a volcársele instintivamente hacia adelante, como si entendiera la importancia de ponerse a salvo antes que su obcecada conciencia, hasta que la propia gravedad lo empuja a dar un paso al frente.

La rampilla de acceso al buque tiene grietas, mellas, socavones, y cuando se transita por ella se mece como una barquilla de feria. Un poco más seguras parecen las rampas por las que Romero y Gabriel acomodan en las bodegas los dos Fiat Punto.

Desde popa se ofrece una panorámica buena del puerto, del mar, de la Ciudad Condal, y, si se mira uno los pies, del suelo inmundo de la cubierta, amalgama de madera y verdina con manchas violáceas de vísceras de pescado.

—O lo mismo, de humanos.

—Aure, déjalo ya, ¿quieres?

Cuando es noche cerrada, sube a bordo el patrón, que pierde toda su autoridad al mecerse en la pasarela. Es un hombre bajito de barba cobriza y espesa, ojos grandes que a la luz de la luna llena lucen color mar adentro, y unas cejas que parecen patas de centollo.

—*Hola, bona nit. Benvinguts a bord!* —saluda.

—*Bona nit, mariner* —exclama impasible Chups, pero los demás protestan soltando tacos hispánicos.

—Disculpen… —dice el patrón, confuso, en un torpe español—. No sabía que eran ustedes godos… Vengo aquí a tontas y a locas, y con el aturullamiento que tengo encima no me ha dado tiempo ni a mirar la ficha de alquiler. ¿De qué parte de España son?

El camillero barre para su casa:

—Del sur con excepciones —dice más bien molesto—. Así que algunos más que godos somos béticos.

—Buenas noches, caballero —le dice al capitán Leonarda al tiempo que le tiende la mano—. Yo soy la que lleva aquí la batuta. Leonarda. Un placer. Llevamos bastante prisa, así que zarpe lo antes posible y timonee con agilidad rumbo a Sicilia.

El barco calienta anquilosados motores, suelta amarras y leva anclas. Inicia entonces un desplazamiento imperceptible y acaba moviéndose con la gracilidad de la ballena azul: tan afilada es su quilla y tan pesado su tonelaje, que falta poco para que las aguas se separen a su paso. Leonarda y Chups, desde cubierta, hacen un gesto manual de despedida por eso del tópico, y los trabajadores del puerto los miran con gesto interrogante. En expedición conjunta, Aurelio y Eulalio buscan entre los camarotes una cama donde caerse muertos. A lo largo de la noche el mar se agita a causa de una borrasca. Gabriel y Eulalio, habituados al lujo, al ambientador y a la tierra firme, no están en absoluto conformes con las instalaciones del barco.

—Como me temía, aquí las prestaciones brillan por su ausencia —sentencia asqueado Aurelio.

—Los comunistas son así, Aure. Hay que entenderlos. Demasiado es que este barco flote —apunta Eulalio.

Estos reparos, a los que se añaden otros relacionados con el aspecto de marítimo hospital psiquiátrico que tienen las dependencias del barco, hacen que el par de hombres llegue a idéntica conclusión: dormir en cubierta. Y, de esta guisa, tras una cena frugal (botellín de agua, sándwich mixto y yogur), cortesía de la empresa arrendataria, todos se arremolinan en la cubierta de proa y se juntan unos con otros dando lugar a una piña compacta y segura donde todos procuran darse un poco de calor en solidaria y receptiva interdonación. El patrón los mira desde la cabina con aire paternal.

Aún está saliendo el sol cuando Romero vomita por la borda al ver que Leonarda yace en el regazo del inspector. Carmelo, por su parte, no quiere cambiar de postura porque tiene muy cerca a la rumana. Oliendo su pelo piensa en los pros y contras de iniciar una relación con una mujer de etnia gitana. Seguramente tendría que enfrentarse al rechazo de su anciana e intransigente madre, pero al menos su amor sería limpio, pues era hombre felizmente soltero; no como Chups, a quien su evidente inclinación hacia Leonarda, de tintes claramente ilícitos, acabaría pasándole factura moral. Poco después la rumana se remueve, se despereza, se levanta y se dirige a las letrinas.

Chups quiere saber si navegan a mar abierto o hacen cabotaje porque ya bordean Sicilia, pero teme que los demás reparen en el bulto de su entrepierna cuando vaya a desacoplarse de las nalgas de Leonarda, a quien ha mantenido calentita durante toda la noche. Con suavidad y disimulo, apoya los codos sobre la cubierta y otea. Justo cuando va a preguntar cuál es el trozo de tierra que se divisa, el patrón dice:

—Sicilia.

El pasaje contempla la isla con exagerada euforia debido a su avidez por pisar de nuevo terreno firme, pero a pesar del sentido práctico que lo mueve, no es inmune a la belleza y enseguida queda arrobado por el lindo perfil bizantino de la capital siciliana. Ya con los coches desembarcados en el puerto de Palermo, los tripulantes miran hacia el mar para despedirse del patrón con sendos pañuelitos blancos, pero cuando van a hacer el gesto sienten vergüenza ajena del corte soviético del buque, que habían olvidado por completo durante el viaje a bordo. En plena euforia terrestre y antes de subirse a los motorizados vehículos capitalistas, la rumana se acerca a Carmelo, que se pone tontorrón al sentirla susurrar en su oreja:

—Solo si te haces valer, les darás a los mafiosos sopas con honda.

Carmelo toma las palabras de su gitana más como acicate que como profecía, y por eso enseguida se ve autorizado para tomar el mando del asunto. Así, antes de que se suban a los automóviles, Carmelo les explica a todos los últimos detalles de su inminente encuentro con la *Cosa Nostra*. Cuando acaba, Leonarda apunta su deseo de ver la bizantina catedral, «tan distinta a las nuestras, que hay que ver cómo se distanciaron los dos Imperios», así como el Teatro Massimo.

—Ay, sí, allí fue donde se rodó la escena final de *El Padrino III,* donde muere Michael —apunta emocionado Gabriel.

—¡El que faltaba!

—Hacedme el favor de dejar de decir trivialidades turísticas —sentencia cortante Chups—. No creo yo que tratar con la mafia sea cosa baladí.

Tras el comentario del inspector, todos agachan la cabeza y suben en silencio a los coches, mentalizados a dejar el ocio y su regocijo para más adelante.

ANTEPENÚLTIMO

PASAN EL DÍA PERFILANDO EL PLAN Y HACIENDO COMPRAS, y la noche en un hotel de engañosas cuatro estrellas en el que las paredes son de cartón y los colchones rezuman muelles. El día despierta brumoso y absurdo. Un tenso silencio impera durante el desayuno en el restaurante del Holiday Palermo, y el tintineo de los tenedores contra los platos es el único testigo sonoro del pantagruélico desayuno de bufé libre. Las vistas desde los ventanales de la novena planta son buenas cuando hace sol, por eso hoy no se ve gran cosa.

—¿Listos? —les pregunta Carmelo después de apurar su *espresso* de un trago.

Aurelio responde en el acto:

—No exactamente. ¿Por qué no vas tú solo?

—Qué disparate. Los mafiosos son como los gitanos y valoran mucho la idea de clan familiar. Finjámonos parientes y lograremos llegar con facilidad a un acuerdo que nos interese.

—¡Juguemos a las casitas! —propone Leonarda.

—Podemos ser primos. Ellos les dan mucha importancia a los primos. O yernos, cuñados, hermanastros... Tampoco tiene que ser muy pura la consanguinidad, porque eso es hacerse vulnerables. Uno no puede andar metiendo en líos a su madre o a su hermana.

—Parecen buena gente entonces, ¿no?

Todos miran a Leonarda, que sigue bebiendo su té a sorbitos.

—No los definiría yo así... —apunta Chups autoritario—. Y son bastante misóginos. Es mejor que la rumana y tú os quedéis en el coche. Además, como se enteren de que nos lidera una mujer, nos van a tomar por idiotas.

Leonarda no se encara con el inspector, aunque juzga machista su comentario. Se reprende por dentro por su inacción, pero en el fondo le gusta saberse protegida.

—Disfracémonos ya. Nos vemos en el *hall* en veinte minutos.

Media hora después, salen por las puertas giratorias del hotel uno tras otro. Todos, incluida la rumana, visten trajes de ejecutivo negros y gafas de sol. La imagen se ralentiza y se escucha una música de fondo que los acompaña hasta la limusina que han alquilado, cuya puerta les abre con elegancia un chófer. Una vez dentro, Carmelo golpea el cristal de la cabina, que desciende de forma automática.

—*Andiamo presto alla trattoria* Aglio e olio*, prego* —le dice al conductor.

Durante el trayecto, Leonarda convence a Chups de la idea de fingirse su secretaria, a lo que el inspector accede porque al fin se verá cumplida una de sus fantasías más íntimas. Los demás aclaran el resto de parentescos y se rebautizan con nombres más amenazantes. Al bajar del coche, el osado Carmelo susurra:

—Naturalidad, por favor.

Y luego golpea el cristal del cerrado restaurante.

—Esto es como en las pelis, ¿no? —apunta Romero, excitado de verse en un papel distinto al habitual.

Carmelo espera prudente y al rato vuelve a golpear el cristal. Todos entretienen la vista con una mosca que merodea entre los visillos del interior estampándose de cuando en cuando con extraño ímpetu contra el cristal de la puerta. Poco después alguien descorre la fina tela y pregunta desde el interior:

—*Parola d'òrdine, prego.*

—*Contrassegno?* —se defiende como puede Carmelo.

—*Sì.*

—*«Tonno e cipolla».*

—¿Carmelo? —pregunta con sorpresa la voz de dentro, y enseguida se escucha manipular la cerradura y se abre la puerta—. ¡Carmelo! —exclama, y todos ven cómo un hombre del tamaño de un cachalote se abalanza hacia el exsubinspector para estrecharlo en un efusivo abrazo.

Cuando se despega de él, mira al resto con recelo.

—Son familia. Mi familia de España —dice el policía en un español con deje italiano.

—Ya lo imagino. *Benvenuti! Avanti, avanti!* —dice con un efusivo gesto que al tiempo que los invita a pasar, los abarca a todos en un generoso abrazo.

Pasan dentro. Carmelo avanza entre la penumbra con decisión al saberse a sí mismo identificado y al saber a los suyos tan ricamente aceptados en el club de los malos. Todos esperan a que el gordo eche el pestillo para que sea él quien los preceda en el camino hacia el interior.

Cuando la vista se les acostumbra a la pretendida penumbra, todos ven que al fondo de la acogedora *trattoria,* en torno a dos mesas cubiertas por manteles de ajedrezado blanco y rojo, se dispone un grupo de siete hombres trajeados que los miran en silencio. Cuando ven a Carmelo entrar, dos morenos efebos de pelo engominado y camisa blanca se alzan de un respingo entre los cuatro peces gordos y se llevan las manos simultáneamente a la cintura. A la cabecera de la mesa se levanta tranquilo un hombre con un puro en la boca, traje gris a rayas y vientre abultado. Extiende los brazos en señal de calma y clava la vista en Carmelo con una curiosidad recelosa. El hombretón que los ha recibido adelanta al recién llegado y a los suyos desde la retaguardia con objeto de evitar una confrontación.

—¡Pero Tito, qué mal fisonomista eres! —le grita en un críptico italiano—. ¡Parece mentira que no reconozcas a nuestro Carmelo!

El tal Tito mira con fijeza a Carmelo, hasta que al fin lo reconoce:

—¡Cielo santo, *bambino* mío! ¡Pero qué grande te has puesto!

El mafioso se acerca a él decidido y el exsubinspector, confiado, se aproxima al mafioso en dos zancadas.

—Espero que no vengas a detenernos, *carabiniere* —le dice sin parar de golpearle la espalda.

—Sabes que ya no tengo potestad aquí. Vengo con la familia, de visita.

Tito profiere una carcajada que hace eco y que no viene muy al caso, y Carmelo empieza a presentar a *su familia* concretando parentescos y nombres sobre la marcha con bastante credibilidad. Leonarda, Chups y los demás sudan con una profusión que el negro de sus ropas no logra disimular del todo.

—*Un piacere.* Linda familia. *Bella ragazza,* ¿eh? —dice mirando a Leonarda; a Chups se le ensanchan las fosas nasales.

—Es mi secretaria. Prima segunda mía por parte de madre.

—Ah, bien, bien. ¿Y la rumana?

Se hace un silencio helador que solo se atreve a romper la aludida:

—Yo voy con ellos. Me recogieron de un supermercado. Son buenos conmigo mucho.

—Ah, estupendo. ¡Solidarios como pocos! Os presento yo ahora a mi familia —dice en un italiano muy ligero, que todos entienden, pero que él se esfuerza en acompañar de acentuados gestos—. Estos que se han levantado tan *presto* para proteger mi vida con sus vidas son mis sobrinos Fabrizio y Lino. Y han hecho bien, porque seguro que su padre, que es aquel señor del fondo que es como yo pero en feo, está muy orgulloso de ellos. Él es mi hermano Armando. Por último, ellos son Arno, Cassius y Luca. Supongo, Carmelo, que a mi hermano, a Antonino y a Luca los recuerdas; los demás son fichajes recientes. Amigos, este es don Carmelo Pérez, subinspector de la Policía española en sus ratos libres y todo lo demás cuando está ocupado. Y el resto, su *cara* familia.

Como ninguno habla bien el español, todos asienten y sonríen en silencio. Armando recuerda perfectamente a Carmelo, pero apenas lo reconoce porque lo nota deteriorado y fofo. Los sobrinos de Tito y sus matones no abandonan su actitud suspicaz, pero se fían del criterio del capo.

—Te hemos traído un regalito —le dice después Carmelo con voz temblorosa.

—No tendrías por qué haberte molestado, hombre.

—No es gran cosa…

El exagente saca un bote de perfume caro y lo coloca ante Tito.

—Parece bueno. Muchas gracias. Un detalle. No obstante, por curiosidad, vamos a someterlo a la prueba de oro. Mira.

Tito se saca una navajita del bolsillo, se hace con ella una grieta en el pulgar y le echa encima medio frasco.

—Si lleva alcohol me escocerá. Y eso significa que es de imitación.

Transcurren unos segundos. El mafioso sigue sin alterar la expresión. Se limita a fruncir los ojos con recelo. Carmelo y su equipo sudan la gota gorda. Los matones vuelven a llevarse las manos al cinto.

—Vaya por Dios. Entiendo que el sueldo del Estado no da para grandes fastos. Así que, como este perfume es bueno, de hecho, muy bueno, deduzco que sigues con tus… negocios en paralelo. Cuéntame.

Carmelo suspira aliviado y traga saliva de forma sonora. Armando sonríe porque huele el miedo y porque conoce de sobra a su hermano. Como nadie habla, el mafioso insiste:

—Bueno, Carmelo, ve al grano. ¿Qué quieres de mí?

Entonces Carmelo decide hablar obviando la diplomacia.

—El favor que me debes —le suelta.

El semblante de Tito se ensombrece y su boca se contrae en un gesto de desaprobación. Pero enseguida el mafioso suspira y adquiere un aspecto vulnerable; no tarda en hablar:

—Soy consciente de todo lo que hiciste por mí: sabes bien que de no ser por ti la pasma me habría enchironado diez veces. Y especialmente te agradezco... *aquello*. Sabes que te quiero. ¿En qué consiste esa ayuda?

Al ver debilitado al capo, el exsubinspector se crece:

—En esos maletines llevamos oro y plata —dice Carmelo señalando dos maletines plateados que compraron ayer tarde en unos chinos.

—¡No me digas!

Carmelo hace un gesto a Romero y Gabriel, que se adelantan y depositan los maletines sobre los manteles a cuadros. Cuando, despaciosos, los abren, la estancia entera se ilumina de amarillo y blanco.

—*Mamma mia!* —exclama el capo—. ¿Y qué queréis hacer con eso?

—Mandarlo a Nigeria —se adelanta con decisión Aurelio.

—Pero después de convertirlo en dinero —concreta Carmelo lanzándole al político una mirada reprobatoria.

—¿Y no preferiríais que os lo cambiase por coca? Contad con que el hambre no la vais a erradicar... Así que es mejor drogarse para no sufrir tanto de ver sufrir a los demás, ¿no? —y mirando fijamente al político—: Su cara me suena... ¿Es usted cantante? —y sin dejarle responder—: No, ahora en serio, ahí hay mucho dinero. ¿Por qué queréis mandarlo a Nigeria?

—Por qué va a ser —contesta al mafioso un reflexivo Aurelio, que desde que ha entrado en aquel restaurante no hace más que reafirmarse en sus puros ideales—: Para ayudar a la población. Según las estadísticas, Nigeria es el país más pobre del mundo.

—¿Y por qué no lo donáis a alguna ONG, y que ellos ya se encarguen?

—Porque pellizcan de los donativos de los contribuyentes para fines propios, y nosotros queremos que el material llegue allí íntegro. Ayuda plena. Al cien por cien.

—Lo haré entonces. Tengo contactos en el puerto.

—Tampoco es que pensemos donarlo todo... Solo una parte —apunta alarmado Chups, que cada vez ve más factible la posibilidad de una prolongada estancia en Barbados con Leonarda.

—Todos sabemos que la caridad es siempre una cuestión de migajas... Pero, ¿y qué hay de los pobres de vuestro país? He oído que España ahora mismo lo pasa mal. Lo mismo que dicen por ahí de nosotros. No hace falta irse al Congo para ayudar.

Aurelio no contesta; parece estar barruntando una idea en su fuero interno.

—Lino, Fabrizio —ordena el capo ante el silencio del político—, id a mirar en internet a cuánto está el oro y la plata en este instante, y sacad del almacén la balanza y el medidor de quilates. Que sepamos de cuánto dinero estamos hablando.

Los sobrinos del capo regresan pronto con un ordenador portátil, una báscula, una calculadora y un kit de frasquitos y piedras que parecen de afilar. Sin intercambiar ninguna palabra, uno de ellos va anotando el valor del oro y la plata, mientras el otro humedece la piedra con los potingues y luego frota con ella los lingotes que va sacando del maletín. Finalmente pesan todo el material mientras apuntan cifras en un papel.

—No hace falta que estemos tan callados. Son buenos chicos. Harán bien su trabajo. Sentaos y tomaos algo.

—Eso, ¿qué os pongo? —pregunta el gordo que les ha abierto, pero nadie quiere sentarse ni tomar nada, excepto Romero, que coge una silla y pide una tónica.

Los sobrinos siguen haciendo cuentas ante la atenta mirada de Armando y uno de los sicarios, que se ha puesto en pie y mira el oro con recelo. Los esfuerzos de Tito por distender el ambiente son infructuosos.

—¿Y a qué viene tanta solidaridad, amigo? Es rara en estos tiempos —le pregunta a Aurelio por charlar un rato.

—Es que a mí no me hace falta el dinero. Seré el próximo presidente del Gobierno de España y…

—¡Anda, ya decía yo que me sonaba su cara!

—Bueno, Aure, eso de la presidencia… Yo a estas alturas no sería tan optimista al respecto —apunta su exasesor.

—Al revés, llevo un rato dándole vueltas y… —dice, y se adelanta unos pasos hacia Tito—. ¿Usted y yo podíamos hablar… en privado?

El mafioso y Aurelio se van juntos a la trastienda ante la mirada boquiabierta de todos. Ni siquiera Leonarda se ha atrevido a impedir su extraño propósito. Al cabo de media hora ambos regresan muy sonrientes. Los sobrinos del capo ya han concluido la tasación, pero aguardaban el visto bueno de Tito.

—Bueno, ¿qué, muchachos? Decidme.

—Es oro puro. Veinticuatro quilates. Y la plata también es buena.

—¡Bien! Sabía que para estas cosas sí se puede una fiar de la Iglesia —dice eufórica Leonarda.

—Hoy está la onza a novecientos treinta y siete con veinticinco euros —continúa el otro sobrino—. Hemos pesado todos los lingotes y hay ochenta kilos de oro y ciento veinte de plata. Finalmente hemos hecho las cuentas y, redondeando, en el mercado les darían por la plata noventa y seis mil euros, y por el oro, dos millones cuatrocientos ocho mil doscientos cincuenta y dos euros.

El sobrino de Tito habla muy rápido el italiano y ninguno de los españoles lo entiende hasta que dice la cantidad de dinero, que todos escuchan con nitidez.

—Bueno. Entonces podemos daros setenta mil por la plata y dos millones por el oro. Entended que nosotros tenemos ahora que depurarlo todo y lograr sacarlo al mercado de curso legal. Y soy bueno. Consideradlo un favor del tío Tito. No estáis en condiciones de elegir… —y al ver las caras de potencial rebelión, añade—: Os he visto en la CNN. Sé de qué sagrado lugar proceden estos preciosos metales. Fabrizio, saca del almacén dos millones setenta mil y no hagamos esperar ya más a esta familia. Y de paso llevaos dentro los lingotes y ponedlos junto a los tarros de la boloñesa.

Nadie habla nada ni dice si está o no conforme, pero cuando ingentes puñados de euros llenan los maletines una vez vaciados de lingotes, todos quedan más o menos convencidos. Tito le guiña un ojo a Aurelio mientras se acerca a Leonarda para besarle la mano.

—*Signorina, un piacere.* ¿Cuál es su nombre?

—Leonarda —dice sincera ya a estas alturas.

—Leonarda. ¿Y es usted española también?

—No, de las colinas del Chianti. Pero me llevaron pronto a la península ibérica.

—Se nota. Española-española no podría ser una *ragazza* tan *bella.*

Ni muy contentos ni muy tristes, salen del local. Tito los acompaña hasta la acera, donde Carmelo le estrecha la mano.

—Gracias de nuevo por lo que en su día hiciste por todos nosotros, Carmelo *nostro.* Por tu celo la *mafia* sigue viva. Tu favor ahora está pagado y además me has brindado la posibilidad de *fare un piccolo negozio,* así que descansa en paz. Y por cierto, no era necesario que os disfrazarais de matones, y tampoco que alquilarais una limusina... Pero gracias de todos modos, porque la empresa a la que pertenece es mía.

PENÚLTIMO

AEROPUERTO DE PALERMO. CUATRO MENOS VEINTE de la tarde. El sol lanza tímidos destellos al agua y resquebraja el cielo grisáceo dándole cierto aspecto apocalíptico. Un banco de peces se aleja de la costa, aunque ningún ser humano lo ve; una bandada de pájaros decide emigrar a África antes de tiempo. Un grupo de turistas recién apeados de su transatlántico espera a un autobús que los suba hasta la normanda catedral de Monreale.

—El resultado de este encaje de bolillos no ha sido todo lo satisfactorio que esperábamos, pero yo creo que nunca debimos entusiasmarnos demasiado —dice Leonarda taciturna.

—Servidora le dijo al buenazo de Carmelo que se impusiera —se limita a decir la rumana, y mueve la cabeza como ante la trastada de un niño en un gesto que al exsubinspector le traspasa el alma.

—La verdad es que yo esperaba más dinero. Con trescientos mil euros por barba nos da para unos años sabáticos, pero no para tirar la casa por la ventana. Lo peor de todo es que encima somos prófugos. Y a ver ahora quién vuelve a España con este historial... —dice Gabriel—. Más rentable me habría salido seguir jugando al Euromillones.

—¡Peor es lo mío —se lamenta Chups—, que ya me había ilusionado con permanecer muerto para el resto de mi vida!

Todos se miran relativamente tristes en la desierta terminal.

—Pues a mí ya no me apetece ir a Barbados contigo —le dice amargamente Leonarda a su hombre—. Deberías aparecerte a tu mujer. Será bonito, como en la peli de *Ghost*.

Un nuevo silencio. Romero piensa en invertir su dinero en cirugía plástica y hacer de nuevo los exámenes para entrar en el Ejército. Gabriel, una vez resignado, fantasea con la idea de comprar una casa en Ibiza y hacerse jipi. Carmelo piensa en pedirle trabajo a Tito como matón. Eulalio tiene en mente hacer provechosos viajes a Alemania y Grecia, las cunas de los grandes filósofos, y se consuela pensando que, cuando regrese a España, la influencia de la familia Ruz le evitará la prisión. Entretanto, Aurelio sonríe y guarda silencio hasta que su actitud resulta insultante para todos.

—¿¡Y a ti qué te pasa!? —le grita desesperado el inspector.

—¿A mí? ¡Que tengo el plan perfecto!

Último

Bajo un tibio sol de primeros de febrero, la esbelta bandera que se yergue en la plaza de Colón luce flácida, toda mástil tras el improvisado escenario en el que el reciente Partido de Centro Democrático Español (PCDE) celebra su presentación oficial a pocas semanas de las elecciones. El escenario está vacío, el público aguarda expectante. Comienza a sonar *La cabalgata de las Valkirias* por un par de altavoces colocados en los extremos, y el silencio se hace entre la multitud. De la azotea del hotel Fénix despega un helicóptero de Emergencias Sanitarias que sobrevuela la multitud describiendo acrobáticos círculos. Instantes más tarde, empiezan a caer desde el artefacto billetes de cinco euros. La multitud es una masa revolucionada cuando el helicóptero aterriza sobre el escenario despeinando a los de las primeras filas.

Tras pararse el motor, con las aspas aún girando por la inercia, desciende del aparato Romero, vestido con un flamante uniforme militar lleno de condecoraciones; a continuación baja Carmelo, ataviado con el mono de la unidad de paracaidistas de la Policía Nacional; después bajan, cogidos de la mano, Leonarda y Chups, la pareja del momento, a quienes los felinos ojos de una mujer despechada fulminan entre el público. Baja luego Gabriel, el piloto, vestido de reflectante camillero y saludando al público como una estrella del rock. A Eulalio, ideólogo de la nueva formación política, que baja del helicóptero desconcertado y renqueante, apoyado en la rumana, le aplauden más que a ninguno porque lo ven indefenso y sincero. Finalmente, después de una teatral pausa, desciende del helicóptero Aurelio con un impecable traje mil rayas y ambos ojos sanos.

El clamor popular crece y el público parece querer abalanzarse hacia los protagonistas del evento. Con la excepción del líder, todos se sientan en unas sillas alineadas sobre el escenario. En ese instante una voz en *off* presenta a Aurelio, que sin demora se aproxima a un atril sembrado de micrófonos.

—¡BUENAS TARDES, MADRID! —grita.

Y el clamor popular lo inunda todo.

—Yo soy Aurelio Ruz... ¡Y estos son mis auténticos secuestradores! ¡Un fuerte aplauso para ellos!

Un nuevo e irrefrenable clamor popular. Aurelio manda callar al auditorio con un gesto de los brazos que los espectadores de todo el país también pueden ver en directo a través de las televisiones privadas.

—Madrid, amigos y amigas... He venido hasta aquí para contaros una larga historia. ¿Sabéis qué son las ninfas de mosca? Son las moscas adolescentes. Los pescadores las usan, a menudo sintéticas, laboriosamente fabricadas por ellos mismos, para pescar con más facilidad determinados tipos de peces... particularmente obstinados. Como las truchas. A veces se les coloca a estas moscas una cabeza de latón, brillante, donde se aloja el anzuelo. Bien, pues así me sentí yo cuando...

Eulalio deja de escuchar el discurso: casi se lo sabe de memoria; ha estado trabajando en él durante varias semanas. También deja de mirar a la multitud, que poco a poco se va haciendo más borrosa en sus retinas. Se concentra en sus manos, enlazadas sobre su regazo, mientras se pregunta una vez más por qué no lo notó antes, no lo supo, no lo previó. Por qué no fue capaz de intuir todas las piezas del puzle hasta el momento en que vio cómo imputaban al padre de Ruz y el PMC se resquebrajaba y caía en los sondeos hasta su completa disolución.

Aún se planteaba cómo lo había convencido Aurelio en el aeropuerto de Palermo de la peregrina idea de volver a España para formar un nuevo partido de centro en el que invertir la fortuna de cada uno y con el que poder limpiar la reputación y reorientar la carrera laboral de todo «el equipo».

Desde luego las cosas salieron según lo estipulado: la fundación del nuevo partido, la exculpación del robo y la explosión, que se le atribuyó a un grupo de integristas islámicos que Chups y Carmelo habrían conseguido neutralizar, asesinar y cuyos cuerpos habrían arrojado a lo más profundo del mar. Aurelio se encargó de que el Gobierno aplaudiera a ciegas su anárquica actuación. Ruz también logró que exculparan al resto tras contratar a un equipo de juristas que les elaboró sendas coartadas. En realidad, no había nada que un hombre del prestigio de don Aurelio no pudiera lograr hacer creer a España.

Sin embargo, cuando meses después saltó el escándalo de su padre y su posterior dimisión como presidente del Gobierno, seguida de una convocatoria de elecciones anticipadas, el auténtico rompecabezas le encajó a la perfección: todo era parte de una maniobra política.

Hacía tan solo unas semanas que Eulalio había entrado en el despacho de Ruz y, después de estrecharle cordialmente la mano, lo había agarrado por las solapas.

—Cuéntame toda la verdad. ¿Qué ha sido todo esto? ¿Eh? ¿Quién diablos somos todos aquí?

Entonces a Ruz no le había cabido otra salida que contarle la verdad. Que todos, o casi todos, eran actores. Que aquel viaje había sido una pantomima que tenía como propósito desvincular su figura del PMC, cuyos escándalos de malversación y cohecho estaban a punto de salir a la luz; fortalecer su papel como nuevo líder (con un secuestro por parte de islamistas que habían atentado contra la Mezquita-Catedral de Córdoba y robado su insigne tesoro) y, desde luego, fundar un nuevo partido político desvinculado del viejo y, en los últimos días, denostado PMC.

—¿Y por qué no me dijiste nada? ¡¿Por qué demonios yo no estaba enterado de nada?!

—Porque supuse que así harías mejor tu papel. Nos trajiste complicaciones, muchas, pero me sometiste al método socrático por iniciativa propia. Sabía que lo harías. A los filósofos la verdad os convierte en mejores mentirosos.

—Pensé que aquel pincel que te clavó el pintor te había dañado el ojo y te había trastornado el seso…

—Era una prótesis. Muy buena. Se la encargamos a uno de los maquilladores de *La guerra de las galaxias*. Todo estaba calculado salvo por el cambio de última hora que me sugirió Tito: mejor repartir el dinero entre un pueblo en crisis que en un país lejano. En estos tiempos la solidaridad ha quedado eclipsada por la supervivencia. Y necesitábamos conseguir votos de la forma más eficaz posible.

—¿Y qué hay de la Mezquita de Córdoba? ¿Quién reparará el daño causado?

—¿Quién va a ser? Tito, el mafioso. Ya lo he hablado todo con él. Solo pide a cambio la propiedad del edificio y su usufructo.

—¿Y la custodia?

—La traen mañana. Una nueva. Gentileza mía. Restaurada de mi bolsillo tras haber sido recuperada… por la Policía Nacional. Por los héroes Carmelo y Chups. Eso me dará los votos de los más conservadores.

—¿Es también de oro y plata?

—Ni mucho menos. De hierro. Pintada. Nadie notará la diferencia. Así la Iglesia no volverá a sufrir por su extravío. Ni los vigilantes privados, a quienes corresponderé por su generosidad cuando llegue a la presidencia… Llevan tiempo demandándonos más competencias. Ellos nos costearon el viaje. Acuérdate de los bajos fondos… del camión blindado.

—Madre mía, Aurelio. Yo no sé si…

—Ministro. Voy a nombrarte ministro. A todos os voy a nombrar ministros. Si llego al poder, claro. Quiero que seáis mi equipo.

—¡Pero si todos son actores!

—¿Todos? ¡Todos no! ¡Tú no! ¿Y yo? ¡Yo soy un político!

Una nueva ovación saca a Eulalio de sus pensamientos. El anciano vuelve a centrar la vista en el público, entre el que ahora distingue a un apuesto joven que lanza apasionados besos a Gabriel. De pronto siente que alguien le ha cogido la mano y se la aprieta. Mira a su izquierda. Es Leonarda, que le sonríe afable. Su odio hacia él también era fingido… ¿Incluso cuando lo tiró del helicóptero? Se pregunta si también será un montaje su romance con Chups. Más allá, a su derecha, junto a Carmelo, se sienta la rumana, en quien ahora cree reconocer a una actriz de alguna teleserie. El subinspector le susurra al oído palabras que la ruborizan.

En ese instante Eulalio cierra los ojos deseando de todo corazón que, al abrirlos, toda la verdad sea de mentira.